Kleine Diogenes Taschenbücher 70125

Ingrid Noll
Stich für Stich

*Fünf schlimme
Geschichten*

Diogenes

Nachweis am Schluß des Bandes
Umschlagillustration:
Konrad Klapheck,
›Die gekränkte Braut‹, 1957
Copyright © 1997 ProLitteris,
Zürich

Inhalt

Ein milder Stern herniederlacht

An Weihnachten wollte die Domina heiraten. Sie hatte genug gespart, um allen Sklaven für immer ade zu sagen. Nicht ohne Wehmut verschickte sie die Verlobungsanzeige in Form eines Adventskalenders. Der erste Entwurf war ein bei Edeka gekauftes Märchenschloß, das sie mit einem prächtigen Aktfoto unterlegte. Die geöffneten Fenster zeigten auf dezente Weise nur winzige Details ihres Körpers.

Aber sie war nicht zufrieden. In jede Luke kam nun statt dessen ein bunter Präser, der letzte vom vierundzwanzigsten Dezember mit Juckpulver präpariert. Sie verwarf auch das; die Sklaven sollten den

Ernst der Situation erfassen. Aus dem Echtermeyer kopierte sie »Sah ein Knab' ein Röslein stehn«, zerschnitt das Blatt in 24 Puzzlestückchen und verteilte sie. Am Heiligabend konnte ein gebildeter Mensch alle Strophen wiedervereinigen. Insider wurden durch die zarte Anspielung der Zeile »Röslein sprach, ich steche dich« an vergangene Qualen erinnert.

Bald begann ein neues Leben. Sie hatte gut eingekauft und konnte umweltbewußt entsorgen: die Ledersachen den Hell Drivers, die Halsbänder dem Rassehund-Verein, die Peitschen und Klammern dem Zirkus überlassen. Statt der hohen schwarzen Stiefel wollte sie zu Hause nur lila Plüschpantoffeln tragen, kuschelig wie kleine Kaninchen. Die engen Latexhosen und starren Lurexblusen schickte sie nach Bethel und ersetzte sie durch einen Hausanzug aus synthetischem Samt, nachgiebig wie Omas Angora-Unterwäsche. Das endgültige Aus für Strapse, dafür handgestrickte Wollsokken in Norwegermuster. Nicht mehr mit lachsfarbenem Satin, sondern blauweiß kariertem Biber mit aufgestreuten Trachtenblümchen sollten die Betten locken.

Nie wieder frieren, war die Devise, nie wieder hauteng, hart, spitzig, streng, knapp, stramm, scharf, zackig. Dafür weich, gemütlich, labbrig, wattig, wabbelig, schlaff, ausgeleiert. Die Chrom- und Acrylmöbel schleppte ein glücklicher Trödler davon, es entstand ein wohliges Nest mit Chintzgardinen, gediegen, traulich und überheizt. Vor allem der Keller wurde umgerüstet, Haken und Ösen abmontiert, das genagelte Kreuz von der Wand geschlagen, Regale mit Eingemachtem aufgestellt, strenge Gerüche durch gelagerte Boskop und duftende Cox' Orangen vertrieben.

Oliver war eine Seele von einem Mann, der zu allem ja und amen sagte. Er freute sich auf das Kind. Mit siebenunddreißig Jahren und nach zahlreichen Abbrüchen wußte die Domina genau, was sie wollte. Gut, daß er nur eine schwache Ahnung von der Quelle ihres Reichtums hatte.

Sie fand es süß, wie er von Frankreich schwärmte. Vor zwei Jahren war er nach der Gesellenprüfung mit dem Campingwagen in die Provence gefahren. »Die feiern dort Silvester mitten im Sommer!« Die Domina belehrte ihn, daß es sich um den Nationalfeiertag handelte. Sicher gab es Länder, die unsere jahreszeitlichen Feste auf den Kopf stellten, aber europäische Nachbarn gehörten nicht dazu. Oliver fand es praktisch, in lauschiger Sommernacht das Feuerwerk zu genießen und sich nicht regelmäßig die Grippe dabei zu holen. Originellerweise hatte er vorgeschlagen, das Weihnachtsfest dieses einzige Mal auf den Sommer zu verlegen und mit dem frisch geborenen Kind ein ländliches Picknick im Grünen zu veranstalten. Christbaum-schmuck und Grillhähnchen ins Auto, und ab in die Natur.

Sie hatte diesem reizvollen Angebot wi-derstanden. Der Schnee mußte leise rieseln, der See still und starr liegen und ein milder Stern herniederlachen.

Picknick im Grünen – eine windige Er-innerung schoß ihr durch den Kopf. Zwei Herren in korrekter, ja warmer Kleidung, zwei Gespielinnen bibbernd vor Kälte. Das ewige Los ihres Berufs: Frieren. Ein Mäzen der frühen Jahre liebte es, impressionisti-sche Bilder nachzustellen – immer noch nobler zwar als die Wünsche späterer Kun-den –, aber die Gemälde waren stets nach den Kriterien weiblicher Blöße ausgesucht. Ein Frühstück im warmen Bett gefiel ihr allemal besser als auf nassem Moos.

Sie würde sich von nun an gehenlassen, nach Lust und Laune fett werden und nie wieder die vorgegebene stolze Haltung an-

nehmen; Bauch und Buckel durften heraus-
treten, die Brust von verschränkten Armen
beschützt werden, so wie das alle anderen
Frauen in ihrem Alter taten.

So wie alle anderen wollte sie jetzt auch
kochen und Plätzchen backen; das Resul-
tat waren klebrige Fladen, die sich nicht
mit jenen kunstvollen Gebilden messen
konnten, die ihre Sklaven im Advent mit-
zubringen pflegten. Es war nicht bloß
Neid, der sie plagte, zuweilen war es große
Wut auf die selbstgerechten Gattinnen, die
das Weihnachtsgebäck so professionell hin-
kriegten: sie spielten zu Hause die unter-
würfige Dienerin und überließen den
Dominas die unangenehme Aufgabe, den
Haustyrannen zu züchtigen.

Keine wußte, wie anstrengend die Rolle
der stets kreativen Gebieterin war, wie
müde die Beine nach vier Stunden in engen
hochhackigen Stiefeln wurden, wie ein-
engend die Nietengürtel... Aber die Do-

mina ahnte, daß auch ihr neuer Status Probleme mit sich brachte.

Schon die Sache mit der Gans. Fünfmal hatte sie mit ihrer Schwester telefoniert, bevor sie sich daranmachte. Das ebenso große wie fettige Tier mußte gefüllt, wieder zugenäht, mit Majoran eingerieben und drei Stunden lang im Backofen gebraten werden. Erst am Vierundzwanzigsten kam Oliver von der Montage zurück, sie wollte ihn mit Tannenbaum, Plätzchen und Gänsebraten überraschen; wer hätte gedacht, daß das fast so stressig war wie eine Berufsnacht mit fünf Vermögensberatern.

Aber sie hatte Erfolg. Weil sie es nicht mehr aushielt, zündete sie um fünf Uhr schon die Kerzen an und setzte sich mit Oliver zu Tisch. Er war noch zu jung, um einen Anzug zu besitzen, dafür hatte er sich mit funkelnagelneuen Jeans, einem roten Pullover und weiß getünchten Turnschuhen feingemacht; die Domina umhüllte ein Gewand aus goldenem Nickistoff.

Der Rotkohl von Hengstenberg, die Knödel von Pfanni – das sparte viel Arbeit, und er merkte es nicht. Die Gans war tatsächlich braun und knusprig geworden. Oliver aß, wie es sich für ein körperlich arbeitendes Mannsbild gehört, die Domina ließ sich auch nicht lumpen. Als es mitten beim Essen stürmisch schellte, konnte sie – vollgestopft wie die halb verzehrte Gans – nicht verhindern, daß Oliver schneller aufsprang.

Sie lauschte angestrengt. Oliver sprach mit einem Mann, dessen Stimme ihr bekannt war.

»Sie können mich doch nicht für dumm verkaufen«, sagte der Mann namens Dr. Georg Sempf und las auf dem Namensschild: ANGELA UND OLIVER BIRCHER, »hier gab es noch vor wenigen Wochen einen SM–Club...«

»Was war hier?« fragte Oliver freundlich.

Schon kam die Domina an die Tür und warf Georg einen warnenden Blick zu. »SM heißt Schachmeister«, behauptete sie geistesgegenwärtig. Georg lachte.

Sie schickte Oliver in die Küche, um die Gänsereste in den warmen Backofen zu schieben.

»Hast du meinen Brief nicht bekommen?« fragte sie in alter Strenge. »Ich habe vor drei Wochen aufgehört, ich bin jetzt eine verheiratete Frau.«

»Deine Kolleginnen waren das auch«, sagte Georg, »laß mich rein, ich habe dir ein Lackmieder mitgebracht.«

»Lackmieder, Lackmieder! Ich brauche einen Still-BH.«

Georg begriff nichts mehr, er war drei Monate im Ausland gewesen und hatte die Post nicht erhalten. Er bestand auf seinem Recht, als Stammkunde auch an Feiertagen bedient zu werden.

Die Domina rang die Hände. »Ich habe alles weggegeben, kein Pranger, keine Ketten, kein Rohrstock, keine Nadeln mehr im Haus... Es geht nicht.«

Oliver kam wieder an die Tür. »Du kennst ihn?« fragte er.

Sie nickte. In diesem Moment flippte Georg aus, wochenlang hatte er sich auf Weihnachten im Folterkeller gefreut.

»Wenn ich nicht reindarf, lege ich mich vor die Tür und heule die ganze Nacht wie ein Wolf!« drohte er.

»Ja, was wollen Sie denn hier bei uns?« fragte Oliver.

»Von Ihnen gar nichts«, sagte Georg, »nur von ihr! Ich will gedemütigt werden! Ich will ihr Sklave sein!«

»Er ist verrückt«, sagte Oliver und schmetterte die Tür zu.

Kaum saß er mit der Domina bei der Rotweincreme von Dr. Oetker, als es draußen in der Tat schauerlich heulte.

Ungerührt packte die Domina Geschenke aus: eine bayerisch karierte Schürze und eine Barbie-Puppe für die erwartete Tochter. Sie war begeistert. Oliver hängte die neue Kuckucksuhr auf. Vor dem Haus heulte der Wolf, die Glocken klangen, das Radio dudelte.

Schließlich war die Domina zu erneuten Verhandlungen bereit. Georg fragte: »Irgend etwas wirst du doch noch haben – wo sind zum Beispiel die Tierfelle geblieben?«

»Behinderten-Werkstatt.«

»Und die Videos?«

»Altersheim.«

»Die Masken?«

»Beim Fastnachtsprinzen.«

»Die Augenklappen?«

»Josephs-Krankenhaus.«

Georg weinte. Sie bekam Mitleid.

»Also gut, du sollst am Heiligabend nicht erfrieren. Komm meinetwegen rein, aber nur in die Küche.« Sie drückte ihm die

Spülbürste in die Hand. »Kannst schon mal anfangen! Nur keine falschen Hoffnungen bitte!«

Oliver hatte immer noch nicht den richtigen Durchblick. »Woher kennst du den Typ?«

»Ein früherer Kunde.« Ihr Ehemann glaubte, daß sie an einer Bar bedient hatte.

»Beruf?«

»Direktor bei der Volksbank.«

»Dann werde ich sofort zur Sparkasse wechseln!«

»Aber nein«, sagte die Domina, »doch nicht hier bei unserer Bank, ganz woanders natürlich. Außerdem ist er perfekt in seinem Job. Komm, wir schauen mal nach ihm, vielleicht hat er sich beruhigt.«

Das Paar betrat die Küche. Georg schrubbte. Er sah die Domina mit einem hündischen Blick an. »Quäle mich!« jaulte er. Oliver war ratlos.

»Hol die Absperrkette von der Garageneinfahrt!« befahl sie. Irgendwo im Heizungskeller lagen noch die Fußeisen, weil ihr bis jetzt kein geeigneter Abnehmer eingefallen war.

Gemeinsam ketteten sie ihn an die Küchenheizung. Obgleich die Domina erst wenige Plätzchen und eine einzige Gans in ihrem brandneuen Ofen zubereitet hatte, war er schon ziemlich versaut, was vielleicht auf ihre Unerfahrenheit zurückzuführen war. Auch die Backbleche zeigten einen fettig-bräunlichen Belag. Georg bekam Scheuerpulver und eiskaltes Wasser hingestellt und war für die nächste Zeit beschäftigt.

Nach dem Dessert faltete die Domina sorgfältig das Geschenkpapier zusammen, Oliver wickelte die Bändchen auf. So gut es ging, legten sie sich zusammen aufs Sofa und hielten zum x-ten Mal eine Konferenz über den Vornamen ihrer Tochter. Als es zum zweiten Mal klingelte, wollte die Domina ihren Gatten vom Öffnen abhalten. Oliver hatte aber Geschmack an der Sklavenhaltung gefunden. »Ich muß nach den Feiertagen ins Sauerland«, sagte er, »sei so lieb und laß den Neuen die Winterreifen montieren und den Wagen waschen.« Der kluge Junge hatte begriffen, daß die Befehle nicht von ihm ausgehen durften.

Schwerfällig schlurfte die Domina in den neuen Puschen an die Tür. Dort stand Willi Maser, welch ein Glück, denn er war Chef vom größten hiesigen Autohaus. Sein Geschenk war ein scheuernder Lederbikini. Die Domina ließ sich nicht auf lange Diskussionen ein und wies ihn in die Garage. Damit die Arbeit zur Qual wurde, schüttete sie den Müllsack mit schmierigen Gänseknochen über dem Wagendach aus.

Willi sagte: »Solchen Scheißkram würde ich nicht einmal einem Azubi zumuten!« und wurde mit dem harten Schlag einer abgenagten Gänsekeule bestraft. »Mehr!«

verlangte er. »Erst die Arbeit, dann das Vergnügen«, sagte sie, und er legte sofort los.

Danach ketteten sie Georg im Bad an; Klo, Waschbecken und Wanne hatten es nötig. Georg fühlte sich großartig, denn Oliver hatte ihn »Meister Propper« getauft. Mit viel Einfühlungsvermögen überlegte sich die Domina, daß er auch die Stätte seiner früheren Lust – den Keller – ein wenig putzen sollte. Eine Streckbank war noch vorhanden, weil Oliver in Unkenntnis ihres Zweckes einen Gartentisch daraus bauen wollte. Georg durfte sie grün streichen.

»Was machen wir, wenn der nächste kommt?« fragte Oliver fröhlich. In Gedanken gingen sie die einzelnen Zimmer durch. Die Betten konnten frisch bezogen, die Fenster geputzt, die Treppe gekehrt und die Kühltruhe gründlich gereinigt werden.

»Was haben die anderen für Berufe?« fragte Oliver neugierig.

Die Domina konnte stolz berichten, daß es nur Männer in Führungspositionen waren. »Bis auf einen Studenten, der seine Magisterarbeit über mich schreibt. Der Chefkoch hat schon fünf Sterne errungen, der Finanzmann ist ein ganz hohes Tier.«

»Der könnte die Steuererklärung machen, der Koch ein schönes Essen…«

»Nein, das ist keine Sklavenarbeit.«

In Gedanken ließen sie den Koch die blauen Monteur-Overalls bügeln und den Finanzmenschen Schuhe und Silber putzen. Die ihr zugedachte schweißtreibende Gummi-Unterwäsche wollte die Domina sofort in den Rotkreuzsack werfen.

Schließlich hatten sie genug von derartigen Spekulationen und widmeten sich dem beliebten Spielchen »Ich sehe was, das du nicht siehst«. Die Domina suchte nämlich die Gelegenheit, ihren Mann auf kunstgewerbliche Bijous, Trockenblumensträuße und Keramiken hinzuweisen. Aber Oliver holte die Dominosteine und wollte lieber damit spielen.

Als sie das Personal fast vergessen hatten, traten die beiden Spartakisten plötzlich ins Wohnzimmer, um zu streiken. Willi hatte Meister Propper sowohl losgekettet als auch aufgewiegelt. Sie beschwerten sich. »Wir sind Sex- und nicht Putzsklaven! Wo bleibt die Belohnung?«

»Erst einmal drei Blaue auf den Tisch«, sagte die Domina sanft, »dann könnt ihr euch zur Belohnung ein Plätzchen nehmen.«

In diesem Moment sprang der Kuckuck achtmal aus dem Uhrenhaus.

»Um Gottes willen!« rief Willi, »ich habe meiner Frau versprochen, um sieben zur Bescherung wieder da zu sein! Was machen wir jetzt?«

Alle dachten angestrengt über eine Ausrede nach. Dabei fiel Georg ein, daß er mit seiner Mutter die Christmesse besuchen mußte. Seiner Frau gegenüber war er ohne Verpflichtungen; sie hatte nämlich von seinem Hobby Wind bekommen und war entlaufen.

»Am besten wirkt immer ein Unfall«, sagte Oliver, »dann sind die Angehörigen voller Mitleid und denken gar nicht an eine Standpauke...«

»Woher kennst du dich so gut aus?« fragte die Domina spitz, aber nicht ohne Bewunderung.

»Was für ein Unfall?« fragte der nervöse Georg, »soll ich mir etwa ein Bein brechen und im Krankenhaus landen?«

»Nein«, sagte Oliver, »Ihr Auto, nicht Sie!«

Für Autos war Willi zuständig. »Nullo Problemo«, sagte er, »wir beide könnten einen Zusammenstoß arrangieren.«

Oliver rieb sich die Hände.

»Aber nicht direkt vor unserer Haustür«, sagte die vorsichtige Domina.

Georg drehte am Radio herum. »Habt ihr schon Weihnachtslieder gesungen?«

Alle sahen ihn verwundert an.

»Bevor wir auseinandergehen, könnten wir doch noch einen vierstimmigen Satz...«

»Bitte«, sagte die Domina, »die Tochter Zion!«

Georg stimmte an, Willi und die Domina freuten sich und jauchzten laut Jerusalem, Oliver kannte solche Songs weniger. Aber auf die Dauer hatten die beiden Unfallkandidaten keinen Spaß an geistlichen Gesängen. »Wer von uns wird der Verursacher?« fragte der Banker fachmännisch.

»Von mir aus meine Wenigkeit«, sagte Willi, »ich fahre einen Vorführwagen, natürlich Vollkasko. Aber dafür müßten Sie mir schon ein bißchen...«

»Ich bitte Sie, das können Sie doch alles von der Steuer absetzen, aber ich werde Ihnen gern behilflich sein«, sagte Georg.

»Na, dann woll'n wir mal«, sagte Willi und flüsterte Georg ins Ohr: »Das Studio in der Weststadt hat vielleicht noch auf.«

»Leider nicht, ich habe mich schon erkundigt, die machen Betriebsferien!«

Für den großen Crash zogen sich alle warm an, denn es sollte ja nicht direkt vor der Haustür geschehen. Oliver tauschte mit Willi den Mantel, das heißt, er drängte dem Autohändler kurzfristig und spaßeshalber den eigenen Parka auf und zog dafür dessen Büffellederjacke an.

»Aber erst die Kohle auf den Tisch«, ermahnte die Domina aus Jux und Gewohnheit. Man wußte leider nicht, was sich gehört, am Ende lagen bloß zwei Kippen unterm Baum, und der Zug setzte sich in Bewegung. Die Duellanten besaßen Nobelkarossen, die sie behutsam auf die einsame Landstraße lenkten. Das Fußvolk zockelte hinterher, die Domina aus Versehen in Pantoffeln. »Gut, daß ich ihnen nur Plätzchen

26

gegeben habe«, sagte sie mütterlich, »als hätte ich's gewußt.«

Oliver zeigte, daß er etwas von Organisation verstand. Wie ein erfahrener Sekundant wies er den beiden Masochisten die Plätze an, stellte sich selbst in die Mitte und blinkte schließlich mit dem Feuerzeug, daß mit Tempo losgefahren werden sollte. Als wahrer Kavalier eilte er aber sofort wieder zur Domina, um sie bei einer möglichen Ohnmacht aufzufangen.

Die Spannung wuchs. Wie in einem gefährlichen Stunt schossen die schweren Wagen voran und krachten schauerlich ineinander. »Die Polizei ist bestimmt in Windeseile da«, sagte Oliver, »schnell weg hier!«

»Sieh erst mal nach«, sagte die Domina, »warum sie nicht aussteigen.«

Flink näherte sich Oliver der Unfallstelle und steckte den Kopf abwechselnd in beide Wagen. Erfolglos sprach er auf Willi und Georg ein, keiner von beiden machte Anstalten auszusteigen. Oliver knipste das Feuerzeug wieder an und gab der Domina Zeichen: Daumen nach unten. Ohne jeden Beistand mußte sie in Ohnmacht fallen. Aber auf Zuspruch öffnete sie die Augen und befahl, sofort zu verschwinden, damit sie nicht als Zeugen aussagen mußten. In einer Minute waren sie wieder in der warmen Stube und pellten sich aus Mantel und Jacke. Dann ließen sie sich am Eßtisch nieder.

»Beide ziemlich hin«, sagte Oliver bedauernd. »Schade«, sagte die Domina. Kurz darauf hörte man Sirenen.

Wie ein kindlicher Mystiker grübelte Oliver: »Ob sie in den Himmel kommen?«

Die Domina verneinte: »Die sind in der Hölle besser aufgehoben. Stell dir vor: Eine schwarze Teufelin in hohen Stiefeln piesackt sie unaufhörlich mit einer Mistgabel.«

Oliver nickte versonnen: »Wat dem een sin Ul…«

Schließlich zog er seine schwere neue Jacke wieder an, um die Straßenverhältnisse zu inspizieren. Nach fünf Minuten konnte er berichten, daß die Polizisten verschwunden und die Unfallwagen abgeschleppt waren.

Die Domina öffnete die Haustür und trat an die frische Luft: »Kennst du das Gedicht«, sagte sie und sah nach oben: »Vom Himmel in die tiefsten Klüfte ein milder Stern herniederlacht…«

Oliver zuckte die Achseln und zog die Domina an sich. Beide legten den Kopf zurück und blickten zu den Sternen hinauf. »Freu dich doch«, sagte er, »vielleicht sind sie im Paradies bei der schwarzen Teufelin.«

»Mein lieber Schwan, da scheint mir etwas oberfaul«, sagte die Domina, »das waren doch keine betrunkenen Schüler, sondern erfahrene Männer…«

»Sieh mal, was der Auto-Willi in der Tasche hatte«, sagte Oliver und kramte aus der fremden Tasche ein leeres Ölkännchen, »als ich beim Unfall den Einweiser spielen sollte, habe ich zufällig Willis Öl entdeckt und ganz in Gedanken ein wenig gesprengt.«

Die Domina lächelte wie ein milder Stern. »Aber Schatz, warum eigentlich? Die haben dir doch nichts getan, im Gegenteil – stundenlang haben sie sich nützlich gemacht.«

Oliver zog die Domina hinein und den Büffel aus. »Weißt du«, sagte er, »ich konnte sie nicht ausstehen. Das sollen Männer sein? Kriechen winselnd vor einer Frau im Staub herum und verlangen nach Haue!«

»Du hast recht«, sagte sie, »mein Geschmack sind sie auch nicht. Aber ich muß zu ihrer Entschuldigung sagen, daß sie tüchtige, erfolgreiche Männer mit einem fast intakten Familienleben sind.«

Oliver nahm seine Frau auf den Schoß und herzte sie. Erleichtert fing die Domina an, ein wenig zu beichten. »Es gibt Frauen, denen macht es Spaß – aber nicht mir! Ich hatte nie Gefallen daran, ehrlich! Aber andererseits – es ist immer noch besser als der lausig kalte Straßenstrich.«

»Ich weiß«, sagte Oliver, »im Grunde willst du lieber die Devote spielen; aber du hast mich belogen!«

»Ein bißchen gemogelt«, sagte sie, »ich war niemals Barfrau. Ist das so schlimm?«

Oliver zog ein längliches, liebevoll verpacktes Geschenk unter dem Sofa hervor und überreichte es der Domina. »Böse Mädchen müssen bestraft werden«, sagte er und sah erwartungsvoll zu, wie seine Frau eine nostalgische Wäscheleine aus Hanf und einen fast antiken, geflochtenen Teppichklopfer aus rot-goldenem Weihnachtspapier schälte, »ich weiß doch, was eine Frau sich wirklich wünscht.«

Er fesselte sie mit der kratzigen Leine und legte sie übers Knie, weil die Streckbank noch nicht getrocknet war. Während er wie ein zorniger Nikolaus den Teppichklopfer handhabte, rief er immer wieder: »Eine anständige Frau bringt an Weihnachten kein Dosenrotkraut auf den Tisch!«

Stich für Stich

Es muß wohl in der Familie liegen: Meine Oma und meine Mutter haben auf Teufel komm raus gestickt. Damals wurde eine solche Arbeit allerdings ernst genommen und nicht herablassend als Hobby oder Beschäftigungstherapie bezeichnet. Meine Großmutter hatte ihre gesamte Aussteuer, Bett- und Tischwäsche, Handtücher, Nachthemden und Unterwäsche mit Monogramm versehen, meine Mutter war Meisterin in Lochstickerei, alles Weiß in Weiß. Wahrscheinlich haben sich beide dabei die Augen verdorben, obgleich mein Augenarzt sagt, das sei nicht erwiesen. Ob es sinnvoll ist, Löcher in weiße Tischtücher zu schneiden, um sie dann wieder halbwegs zuzusticken, sei dahingestellt, ebenso, ob man auf jedem Küchentuch ein Monogramm braucht.

Ich bin da ehrlicher und gebe zu, daß ich zum Vergnügen sticke. Und ich würde mich nie und nimmer mit weißen Löchern oder roten Monogrammen zufriedengeben – langweilig, sage ich nur. Bunt muß es sein, phantasievoll und aussagekräftig. Meine Anfänge waren bescheiden; nach vorgegebenem Muster stickte ich in Kreuzstich auf Stramin: Blümchen auf Schürzen, Blümchen auf Kaffeedecken, Blümchen auf Sofakissen. Ein bißchen einfältig sah das allerdings aus, aber auch lieb und fröhlich, und ich war schließlich noch sehr jung.

Nach diesen Anfangserfolgen wurde ich mutiger und erlernte den Stiel- und Plattstich. Stundenlang konnte ich in Kurzwarenläden farbigen Twist oder Stickseide nebeneinanderlegen und Kombinationen

zusammenstellen. Pfauenblau und Pfirsich-
rosa, Türkis und Honiggelb, Lachsrot und
Schokoladenbraun, Silber und Nachtblau,
Elfenbein und Jadegrün. Meine Kissen-
hüllen wurden nicht mehr in einfarbigem
Grundton gehalten und mit verstreuten
Röschen verschönert, sondern bestanden
nur noch aus einem einzigen Blumenmeer.

Aber die Krönung ist die Gobelinsticke-
rei. Eine jugoslawische Kollegin zeigte mir
einen Katalog, aus dem man die Vorlagen
für berühmte Gemälde bestellen konnte,
um sie dann in einjähriger Arbeit in ein
eindrucksvolles Stickbild zu verwandeln.
Ich war begeistert. Das Programm enthielt
auch Muster für kleinere Arbeiten wie etwa
Bezüge für Fußschemel und Kleiderbügel,
die sich als entzückende Geschenke ver-
wenden ließen. Von da an gab es für mich
nie mehr Abende vorm Fernseher, sonntäg-
liche Spaziergänge, Kreuzworträtsel oder
gar Kinobesuche.

Wenn ich von der Arbeit heimkomme, verrichte ich in Windeseile meine Hausarbeit, stelle mir ein Fertiggericht in die Mikrowelle, ziehe mir in den fünf Minuten bis zum Garwerden meine Büroklamotten aus und einen Jogginganzug an und stelle das Radio ein. Ich verschwende keine überflüssige Zeit für Telefonate, Einkaufsbummel, Zeitunglesen oder Familienbesuche. Soziale Pflichten gegenüber Kollegen oder Verwandten leiste ich mit einem weihnachtlichen Geschenk ab. Wenn sie dann gestickte Buchhüllen, Bildchen, Lesezeichen, Duftkissen oder Teewärmer erhalten, können sie es kaum glauben, daß ich so viel Zeit in Freundschaft investiert habe. »Wie viele Stunden haben Sie daran gesessen?« fragen sie jedesmal. Ich führe Buch darüber. Je nach Verwandtschaftsgrad beziehungsweise nach kollegialer Verbundenheit rechne ich mit 20 bis 400 Arbeitsstunden. Das macht Eindruck. Sie behaupten, meine

Gabe nicht annehmen oder nicht wieder-
gutmachen zu können. Nächstes Jahr solle
ich es bitte lassen, das müsse ich verspre-
chen. Dann lächle ich hintergründig und
sage: »Mal sehen!«

Vielleicht hätte ich nie eine solche Leidenschaft für Handarbeiten entwickelt,
wenn ich nicht mit 17 Jahren, als meine
Altersgenossen im Sommer schwimmen
und im Winter tanzen gingen, an Hepatitis
erkrankt wäre. Ich mußte mich schonen,
zu Hause bleiben und viel ruhen. Es wäre
wohl sehr langweilig geworden, wenn ich
nicht zufällig im Nähkörbchen meiner
Mutter eine angefangene Stickerei entdeckt
hätte. Sie war etwas verwundert, daß ich
Interesse an solchen Geduldsspielen zeigte,
aber sie unterwies mich doch hinreichend,
so daß mir dieses erste Stück ganz gut gelang.

Übrigens blieb ich auch nach meiner Genesung ein wenig anfällig, eine sogenannte

halbe Portion, kaum belastbar und schwierig im Umgang mit anderen Menschen. Die Buchhalterei erlernte ich ohne große Begeisterung, jedoch pflichtbewußt. Man kann sich auf mich hundertprozentig verlassen, darauf baut mein Chef. Außerdem wissen die Kollegen, daß sie mein Bedürfnis nach Ruhe und Alleinsein zu respektieren haben. Mein Zimmer wird nicht ohne triftigen Grund und schon gar nicht ohne deutliches Anklopfen betreten. Insgeheim werde ich bedauert, daß ich keine Familie habe – aber ich vermisse nichts, ob man es nun glaubt oder nicht. Im Gegenteil, es würde sich sehr störend auf meinen Feierabend auswirken, wenn ich mich nicht auf meine wirkliche Berufung konzentrieren könnte.

Längst habe ich meine ersten Bilder – Pferde-, Katzen- und Alpenblumenmotive – weggepackt; falls ich nicht ein dekoratives, aber nützliches Geschenk herstelle, beschäftige ich mich hauptsächlich mit klassischer Kunst. Im Wohnzimmer hängen ein gestickter Rembrandt, ein Lukas Cranach, ein Michelangelo, im Schlafzimmer Madonnen aus vier Jahrhunderten, in der Küche französische Impressionisten, um nur einige zu nennen. Leider habe ich gar nicht soviel Platz, um alle meine Träume in die Tat umzusetzen. Wie schön wäre es beispielsweise, Picassos »Kind mit Taube« über meinen Eßplatz zu hängen, aber da prangen schon Murillos Traubenesser und van Goghs Sonnenblumen.

Übrigens habe ich bei dem genialen Holländer meine Lieblingserfindung zum ersten Mal realisiert – nämlich die Originalfarben verbessert. Goldgelbe Sonnenblumen kennt jeder, ebenso bräunlich verblühte. Aber blaue sind absolut ungewöhnlich, und dieses Gemälde hat durch meine Idee unendlich gewonnen. Inzwischen habe ich meinen Trick schon häufig angewendet und dadurch ganz neue und erstaunliche Effekte erzielt. Es hat mich allerdings tagelang verdrossen, als ich auf Franz Marcs rote Pferde stieß; der Kerl hatte doch just den gleichen Einfall wie ich, nur früher.

Eine größere Wohnung wäre nötig, aber das ist leider auch ein finanzielles Problem. Ich trage mich mit dem Gedanken, eine Garage anzumieten, dabei besitze ich weder Führerschein noch Auto. Aber es hat natürlich etwas Spektakuläres, vier fensterlose weiße Wände mit klassischen Gemälden in ein kleines Museum zu verwandeln. Bis jetzt habe ich bei meiner Suche leider noch keine Garage entdeckt, die meinen speziellen Ansprüchen genügt.

Aber eines Tages gab es eine empfindliche Störung in meinem gleichmäßigen Lebensrhythmus. An einem Samstagvormittag fiel ich im Supermarkt um. Es war heiß, und ich war in Eile, als es mir plötzlich schwarz vor den Augen wurde. Erst im Krankenwagen kam ich wieder zu mir. Mein Arzt, den ich lange nicht mehr konsultiert hatte, konnte zwar außer einem niedrigen Blutdruck nichts Bedenkliches feststellen, aber er ließ sich meinen Tagesablauf minutiös schildern. Dabei fiel es mir zum ersten Mal selbst auf, daß ich fast meine gesamte Zeit im Sitzen verbringe. Es sind nur wenige Schritte von meiner Wohnung bis zur Bushaltestelle, und von dort ist es genauso nahe zum Büro. Der Arzt empfahl mir eine Kneippkur.

In Bad Wörishofen lebte ich ausschließlich meiner Gesundheit, ich hatte mir — es klingt fast masochistisch — weder Stickrahmen noch Garn und Nadeln mitgenommen. Der Tag begann bereits im Bett mit einem heißen Heusack auf den verspannten Nacken. Noch vor dem Frühstück mußte ich Wasser treten, mußte mich anschließend massieren lassen und zweimal täglich zu einer Wanderung aufbrechen. Zum ersten Mal im Leben entwickelte ich einen gesunden Appetit, so daß ich nachmittags gelegentlich in einem Café einkehrte. Die kulturellen Angebote ließ ich links liegen; ich war nicht hier, um mir Konzerte und Vorträge anzuhören. Außerdem hatte ich mein Radio und die Kopfhörer mitgenommen, denn für mein psychisches Gleichgewicht ist die stündliche Nachrichtensendung dringend erforderlich.

Nach drei pflichtbewußten Tagen setzte sich eine Fremde im überfüllten Café zu mir an den Tisch. Ich hatte es bis dahin tunlichst vermieden, jammernde AOK-Patienten kennenzulernen, und verhielt mich einsilbig. Aber die Dame ließ mit ihrem munteren Geplauder nicht locker und vereinbarte für den nächsten Tag einen gemeinsamen Ausflug. Wir besichtigten eine Falknerei. Mit Verwunderung stellte ich fest, daß es fast Spaß machte, zu zweit etwas zu unternehmen. Von da an bin ich kein einziges Mal mehr allein durch die Natur gestiefelt.

Wie bereits gesagt, habe ich eine eigene Familie nie vermißt. Eine Freundin hätte ich mir jedoch gelegentlich schon gewünscht. Ich war in dieser Hinsicht allerdings übervorsichtig und beobachtete Gunda Mortensen mit zurückhaltender Achtsamkeit. Ein einmal gegebenes Du läßt sich schlecht rückgängig machen, Geschichten und Beichten aus der Kindheit oder dem Privatleben sind nicht mehr unser Eigentum, wenn wir sie vertrauensselig ausgeplaudert haben. Aber Frau Mortensen hatte selbst viel zu erzählen, es fiel ihr gar nicht weiter auf, daß ich nur freundliche und verständnisvolle Kurzkommentare gab, mich selbst und meine eigene Welt aber ausklammerte. Auch über meine große Liebe zur Kunst verlor ich nie ein Wort.

Drei Wochen sind schnell vorbei. Der Abschied fiel mir nicht leicht, obgleich ich andererseits meinem Zuhause und meiner Lieblingsbeschäftigung entgegenfieberte. Ich fühlte mich fit und voller Schaffenskraft. Gunda wollte mir schreiben; sie wohnte nicht allzuweit entfernt, vielleicht ergab sich sogar irgendwann ein Besuch. Ich hoffte es sehr, wollte aber nicht mit einer direkten Einladung als aufdringlich gelten.

Der Alltag hatte mich wieder voll im Griff, als ich eines Tages einen reizenden Brief meiner Wörishofener Bekannten erhielt. Sie schrieb hauptsächlich über sich, über ihr Leben als Witwe, über ihre Kinder und das erste Enkelchen. Es war eine mir fremde Welt, obgleich meine Kolleginnen ähnliches zu berichten hatten. Nach einer angemessenen Frist habe ich geantwortet und von da an auf erneute Post gewartet. Bereits im nächsten Schreiben wurde ein

Besuch angekündigt, der mich in große Erregung versetzte.

Es hört sich wahrscheinlich ungewöhnlich an, aber außer meiner verstorbenen Mutter hatte mich bis dahin noch niemals ein Gast in meiner Wohnung aufgesucht. Allerdings hatte ich auch nie eine Menschenseele dazu aufgefordert.

Da ich noch drei Wochen Zeit hatte, konnte ich in Ruhe überlegen, wie man einen Gast bewirtet, was einzukaufen war und ob ich ein Hotelzimmer reservieren mußte. Außerdem beschloß ich, Gunda Mortensen ein kleines Geschenk zu überreichen, natürlich kein gesticktes Bild, an dem ich mindestens 200 Stunden arbeiten müßte. Nur zu gut wußte ich, daß es feinfühlige Naturen in Verlegenheit brachte, wenn ich allzuviel Zeit für die Herstellung einer kleinen Überraschung verwendet hatte. Ich entschied mich für eine zierliche schwarze Seidenbörse mit einem gestickten biedermeierlichen Vergißmeinnichtkränzchen. Das Motiv hatte ich selbst entworfen, und es geriet zu einem kleinen Meisterwerk.

Kochen habe ich nie gelernt, ebensowenig Kuchen backen. Ich scheute aber keine Mühe, mich mit dem Taxi in die beste Konditorei fahren zu lassen, um sechs verschiedene Torten- und Kuchenstücke zu kaufen, für jeden Geschmack etwas – Joghurtcreme mit Obst, Frankfurter Kranz, Sacher- oder Apfeltorte. Ich deckte den Tisch mit einer selbstgestickten Decke (andere besitze ich gar nicht), die ich bis dahin nie benutzt hatte. Sie gehört noch in meine frühe Blumenepoche. Rosa Apfelblüten auf tannengrünem Grund, zartgrüne Blättchen und kleine Bienen lassen den gedeckten Kaffeetisch frühlingsfrisch und anmutig erscheinen.

Gunda kam pünktlich. An der Wohnungstür reichte sie mir strahlend, fast erwartungsvoll die Hand. Der Flur ist ein wenig dunkel, meine dort hängenden Werke kommen kaum zur Geltung, ich konnte noch keine begeisterte Reaktion erwarten. Nachdem sie ihren Mantel ausgezogen hatte, führte ich sie ins Wohnzimmer, wo ich erst einmal mitten im Raum stehenblieb, damit sie in Ruhe die vielen Bilder auf sich wirken lassen konnte.

Zwar ließ Gunda die Blicke schweifen, sagte aber vorerst nichts. Erst als ich ihr Kaffee einschenkte, kam die verblüffende Frage: »Sind die Stickereien alle von Ihrer verstorbenen Frau Mutter?«

Ich gab keine Antwort, sondern legte ihr mein hübsch eingepacktes Geschenk auf den Teller. Sofort packte sie aus, Gott sei Dank mit sympathisch-kindlicher Neugier. Wie gesagt, meine schön bestickte Geldbörse war ein Schmuckstück. Und wenn man das Blumenkränzchen genau ansah, dann entdeckte man in der Mitte Gundas goldenes Monogramm. Sie starrte darauf, zog die Brille aus der Handtasche und vergewisserte sich, daß da tatsächlich die Initialen G. M. zu lesen waren.

Ungläubig sah sie mich an. »Haben Sie das etwa selbst gestickt, Herr Meyer?« fragte sie tonlos. Ich nickte glücklich und verstehe bis heute nicht, daß sie schon nach zehn Minuten aufbrach und nie mehr etwas von sich hören ließ.

Die blaurote Luftmatratze

Ich gehöre zu jenen blonden Kranken-schwestern, die alle Klischees erfüllen, besonders das von lüsternen Chef- und Oberärzten, die meine Väter sein könnten. Aber ich arbeite dagegen an: Meine Figur ist knabenhaft, meine blauen Augen blik-ken gar verträumt in die Welt, so daß ich Beschützer- und nicht Verführerinstinkte wecke. Natürlich kann ich auch anders dreinschauen, aber hier in unserer psycho-somatischen Privatklinik wird mich so leicht keiner dabei erwischen.

Unser dackelbeiniger Oberarzt hat ein Pygmalion-Syndrom, er will mich bilden. Dagegen läßt sich nichts einwenden. Gerade jetzt im Sommer wird er redselig. Ich weiß, daß er einen Grund sucht, im Park herumzulungern, weil er sich nur hier eine Zigarette gönnen mag. Wenn ich auf meiner blauroten Luftmatratze im Halbschatten liege, pflegt er sich leutselig neben mir niederzulassen. Durch sein Gewicht entweicht die Luft zwar nur in langsamen Stößen, aber unter unguten Tönen.

Mich interessiert ein Neuer. Der junge Mann besitzt die gleiche altmodische Luftmatratze wie ich, was eine absolute Rarität darstellt. Sind doch in diesem Park schicke Deck Chairs, weiße Liegestühle, englische Gartenbänke und grüne Loom-Sesselchen gefällig verteilt und zur allgemeinen Benutzung freigegeben, auch leichte Wolldecken, geblümte Kissen und Knieplaids werden ausgeliehen. Aber nur wir zwei haben uns ein kleines nostalgisches Privatrelikt hierher gerettet, wir pfeifen beide auf die Zauberberg-Attitüde.

»Ein schwerer Fall von Schlangenphobie«, sagt der Oberarzt und folgt meinen Blicken.

Ich muß lachen: »Nun, wenn man Schlangenwärter im Zoo oder Giftabzapfer auf einer Reptilienfarm ist, dann muß man etwas gegen eine solche Phobie unternehmen, obgleich eine vom Arbeitsamt finanzierte Umschulung sicherlich die billigere Lösung ist. Aber hier auf mitteleuropäischem Asphalt kriechen uns wohl schwerlich Nattern entgegen.«

Ich habe klug gesprochen, bei Männern, die ich nicht mag, gelingen mir lange Sätze (übrigens hatte ich Deutsch als Leistungskurs). Aber mein Mentor schüttelt den Kopf. »So simpel ist das nicht«, doziert er, »wenn es so weit geht, daß der Betroffene alle Schlangenabbildungen aus seinen besten Lexika herausschneidet, wenn er sich nicht mehr in einer Menschenschlange anstellen und keine Serpentinen fahren kann und beim Wort ›Schlangenlinie‹ in Ohnmacht fällt – dann ist es höchste Zeit für eine Therapie.«

Armer Kerl. Ich betrachte ihn – natürlich nicht den Oberarzt – erneut mit Wohlgefallen und Interesse. Wie kann man ihm helfen? Professor Higgins erhebt sich schwerfällig, die Pflicht ruft, die Kippe drückt er im Rasen aus. »Helfen? Da muß ich mir noch etwas einfallen lassen, der mauert total.«

Der Schlangenmensch liegt immer auf der Seite und liest; ich hatte noch nie Blickkontakt aufnehmen können. Wenn es kühl wird, geht er auf sein Zimmer, ohne aufzusehen und andere Patienten oder das Personal zu grüßen. Einmal hat er seine Lektüre liegenlassen, es war ein Biologielehrbuch.

Schon seit Tagen habe ich mir eine lockere kleine Anspielung auf unseren gemeinsamen Matratzengeschmack überlegt, ein sinnloses Unterfangen. Als er heute an mir vorbeihastet, kommt es dafür spontan und wenig geistreich über meine Lippen: »Hallo!« Immerhin ein ängstlicher Blick seinerseits. »Was für ein schöner Pullover!« sage ich wie zu einem Mädchen, und er lächelt tatsächlich.

Am nächsten Tag ist es wieder warm, und eine dösig-mittägliche Stimmung herrscht im Park. Der Schlangenmensch kommt später als ich und bleibt tatsächlich vor mir stehen. »Wenn du dein Lager nicht gerade unter den Glyzinien hättest...«, sagt er vorwurfsvoll.

Ich verstehe nicht ganz und schaue ins Geäst hinauf. Da oben lauern sie, nun sehe ich es auch, ein Gewirr und Geknäuel, Gewinde und Gekrauche. Mit der Luftmatratze unter dem Arm folge ich ihm in den Schatten seines mit Bierreklame bedruckten Sonnenschirms, der ebenfalls nicht zum hiesigen Inventar gehört.

»Probier mal«, sagt er und hält mir einen

Baumwollpullover hin, ohne Zweifel keine maschinengestrickte Ware, sondern ein Exemplar von großer Schönheit und origineller Farbgebung. Die meergrünen Streifen, die sich frech mit Orange und Rosa abwechseln, sind in Größe und Struktur überraschend vielseitig und lustig angeordnet. Ich ziehe den Pullover über den Kopf, mein flacher Busen kann die Querrippen gut vertragen, der Geringelte paßt wie angegossen.

»Wenn er dir gefällt, kannst du ihn haben«, sagt der Schlangenmensch. Wir sitzen hübsch getrennt auf unseren Luftmatratzen, ich zupfe Gänseblümchen, er zupft vergeblich an einem Nasenhärchen.

»Was für einen Job hattest du vorher?« frage ich befangen. Aber das Eis ist beinahe gebrochen.

»Erst habe ich Mediävistik studiert, dann war ich Detektiv, bald fange ich neu an mit Zoologie. Und du?«

»Ich bin Krankenschwester.«

»Dann sag mir mal, wen die beiden Schizos da hinten auf der Bank darstellen – Napoleon und Papst?«

»Quatsch, seit Jahrzehnten gibt es keine Napoleons mehr. Der rechte ist Michael Jackson, manchmal schmiert er sich mit Schuhcreme ein, um sich hinterher weiß machen zu können.«

»Ich fand Irrenwitze noch nie lustig«, sagt der Schlangenmensch.

Ich auch nicht.

Als der Oberarzt auftaucht, winkt er mich zu sich. »Na, schon was rausgekriegt?« will er wissen. Ich schüttele den Kopf. Anscheinend soll ich nun als Agentin eingesetzt werden.

Ich nenne den Schlangenmenschen Tristan (bis jetzt ist mir noch für alle ein passender Name eingefallen). Als Student hatte er einem einsamen Wolf – seinem Onkel – in dessen Privatdetektei ausgeholfen, ein lukrativer Nebenverdienst. Als der Wolf plötzlich von einem Auto überfahren wurde, erbte Tristan bereits mit 24 Jahren dieses Detektivbüro, trennte sich für immer von der Mediävistik und begann untreue Ehefrauen oder -männer zu beschatten.

Nach drei Tagen ist Tristan zutraulich geworden. Ohne daß er über mich etwas Konkretes weiß, beginnt er zu beichten. »Ich habe gar keine Schlangenphobie«, sagt er, »das ist nur ein Trick, damit sie mir meine Ruhe lassen. Ich mag alle Viecher gleichermaßen, für mich gibt es keine bösen und guten Tiere wie in der Fabel, das wäre doch purer Unsinn für einen Zoologen.«

Wir schweigen lange. Dann sagt er fast herzlich: »Wahrscheinlich hast du – genau wie ich – in letzter Zeit zu viel Streß gehabt.«

Tristan beginnt mit der Erklärung seiner

beeinträchtigten Befindlichkeit: »Der Auftrag kam vom Dachverband europäischer Strickwaren und war, wie fast alle meine Geschäfte, streng vertraulich.«

Im letzten Jahr waren in Kaufhäusern und Boutiquen Pullover aufgetaucht, die mit ihren Preisen alles unterboten, was bisher an Billigimporten aus Ländern der Dritten Welt auf den Markt gekommen war. Aber im Gegensatz zu jenen Produkten, die an Qualität und Geschmack meistens nicht mit europäischer Ware zu vergleichen waren, handelte es sich hier um Pullover aus reinen Naturfasern, von erlesener Ästhetik und ausgefallener Musterung; handgestrickt, Stück für Stück ein Unikat. In wenigen Wochen war es unter der Jugend Europas ebenso selbstverständlich, die obere Hälfte mit diesen Pullovern zu bekleiden, wie man die untere seit Jahr und Tag in Blue jeans steckte. Man bedenke die gewaltigen Defizite für die deutsche

Textilindustrie, und schon kann man sich Tristans Spesenkonto errechnen!

»Mein Auftrag lautete: ermitteln, wo man solche Pullover herstellt, und anprangern, für welchen Hungerlohn in irgendeinem Entwicklungsland für einen reinen Modeartikel Menschen ausgebeutet werden.«

Der Oberarzt ist tatsächlich eifersüchtig. »Sie sind doch ein kluges Kind«, sagt er, »lassen Sie lieber die Finger von diesem Verrückten ...« Ich räuspere mich scharf. »Sorry«, sagt er und muß ertragen, daß ich Hals über Kopf davonlaufe. Soll er ruhig wissen, daß mich die Bulimie wieder beutelt.

Tristans Geschichte ist wunderlich. »Meine Order hörte sich einfach an, aber meine Auftraggeber wußten selbstverständlich, daß die Importware in Hongkong verpackt und etikettiert wurde, daß es aber bisher unmöglich gewesen war, das genaue Ursprungsland in Innerasien auszumachen. Alles, was mit der Fabrikation dieser Pullover zusammenhing, schien ein tiefes Geheimnis zu sein, und auch die in Hongkong üblichen Bestechungsgelder hatten absolut keine Wirkung gezeigt.«

Also machte sich Tristan auf den Weg nach Hongkong. In seinem Bericht hielt er sich lange mit sinnlichen Eindrücken auf – dem Geruch von Garküchen, menschlichem Schweiß und anderen intensiv riechenden Ausscheidungen, dem Gehupe der Wagen, Gezeter der Kulis. Seine Augen wurden müde vom Schauen, die Beine wurden lahm vom Laufen und erst recht der Arm, der ständig Papiere und Geld sicherte.

Ich wollte den Schlangenmenschen gelegentlich zu mehr Tempo antreiben, aber wenn er einmal angeleiert war, achtete er fast nie auf meine Zwischenfragen. Ich hatte mir angewöhnt, die teuren Layout-Filzstifte mit in den Garten zu nehmen und beim Zuhören mein Tagebuch mit farbenfrohen Linien zu schmücken. Es kam mir allmählich so vor, als ob Tristan in Hongkong das satte Leben aller Touristen geführt hatte, wo blieb das versprochene große Abenteuer?

Aber schließlich verließ der Schlangenmensch doch noch die Millionenstadt. Seine Bestechungsversuche hatten endlich Erfolg gehabt: Er hörte, daß die Pullover nicht mit der Bahn, sondern mit Lkws und bei tiefer Nacht an die Versandfirma ausgeliefert wurden. Tristan gelang es, sich unter leeren Kartons und Säcken, ausgestattet mit Vorräten, in einem der zwei Lastwagen zu verstecken und von den Fahrern unbemerkt die Reise in ein unbekanntes fernes Land anzutreten.

»Nach wenigen Stunden taten mir schon

alle Knochen weh. Die Säcke boten wenig Komfort zum Liegen, die Straßen waren schlecht. Aber das war nur der Anfang, ich mußte mich wohl oder übel auf eine tage-, ja wochenlange Fahrt gefaßt machen. Wir fuhren ohne Pause, die Fahrer wechselten sich ab. Einer schlief ständig in der Koje. Zum Glück wurde es nach einigen Tagen gebirgig und kühl, denn bei der südchinesischen Hitze hätte mein Wassertank nicht lange ausgereicht. Nach einer Woche Fahrt hatte man mich noch nicht entdeckt, aber ich selbst war ein anderer geworden. Ich hatte ja Zeit zum Nachdenken. Mein Gott, in was hatte ich mich da eingelassen! Lahm an allen Gliedern, hungrig – da ich meine Vorräte streng rationierte – und völlig gleichgültig gegenüber meinen Auftraggebern. Der Erfolg und das Honorar waren unwesentlich geworden. Fragwürdig kam mir mein bisheriges Leben vor, fragwürdig mein Beruf. Man schickte mich in ein unterentwickeltes Land, ein Entwicklungsland, ein Land der Dritten Welt. Welcher Hochmut hatte diese Begriffe geprägt! Den einzigen Sinn sah ich allerdings in meinem Auftrag, menschenunwürdige Ausbeutung zu unterbinden. Wenn mir das gelingen sollte, konnten mir die europäischen Fabrikanten den Buckel herunterrutschen.«

Tristan ist so sehr zum Geschichtenerzähler geworden, daß er kaum bemerkt, daß sich jetzt täglich ein paar weitere Zuhörer auf unseren Luftmatratzen eingefunden haben. Der liebenswürdige Michael Jackson, die Frau mit der Flugangst (immerhin ist sie die Gattin eines Diplomaten), Zarah Leander und mein Leidensgefährte Kotzebue sitzen artig dabei und staunen.

»Nach zwei Wochen Fahrt gönnten sich die Fahrer einen Tag Rast. Sie stellten die Wagen auf einen abgelegenen Parkplatz, ohne abzuschließen; man merkte, sie kannten sich hier aus. Alle vier Fahrer stiegen eine Böschung hinunter und verschwanden in einem Wäldchen. Nach kurzer Wartezeit traute ich mich aus meinem Versteck, klaute von ihren Vorräten, säuberte mein Lager, trank ausgiebig aus einem Bach und füllte meinen kleinen Tank, wenn auch mit Herzklopfen. Die Gegend war vollkommen einsam, rauh, gebirgig und von verschlossener Schönheit. In der Ferne sah ich eine Art wilder Ziegen. War ich noch in China oder bereits in einem anderen Land? Schon lange gab es für mich keine lesbaren Schilder und Hinweise mehr.

Als ich in der Ferne die Fahrer auftauchen sah, warf ich mich sofort in Deckung. Sie schienen mich nicht gesehen zu haben, und es gelang mir, von der abgewandten Wagenseite aus wieder in mein Versteck zu kriechen. Die Fahrt ging weiter. Die Berge wurden zum steilen Gebirge, fielen schließlich jäh ab, und nun änderte sich auch das Klima. Es wurde warm.«

Der Oberarzt steht plötzlich vor uns, Tristan verstummt. »Ich störe doch nicht?« fragt der Psychiater und steckt sich eine Zigarette an.

Kotzebue ist mutig. »Doch!« sagt er, was den Arzt aber noch längst nicht zum Gehen bewegt.

»Wenn ihr ein bißchen rückt, kann ich ebenfalls eure Piratenschiffe entern«, sagt er lustig und will tatsächlich als vierter auf meiner morschen Matratze sitzen.

»Vorsicht!« rufe ich, aber da ist es schon passiert. Nun wird es ihm zu hart, er zieht ab, der Preis ist leider hoch. Im Gehen knurrt er den Schlangenmenschen an: »Bei mir kriegen Sie nicht die Zähne auseinander, Herr Mäusel, und hier spielen Sie die Scheherazade!«

Tristan zögert; er möchte mich auf sein

blaurotes Sofa einladen, aber wir haben beide Schwierigkeiten mit körperlicher Nähe. Also bleibe ich mit Jackson und Zarah auf hartem Grund.

Tristan fährt fort: »Eines Morgens erwachte ich mit einem unbestimmten Schrecken aus tiefem Schlaf. Wir fuhren nicht. Ich öffnete die Augen und sah über mir die Gesichter aller vier Fahrer. Ernst und wortlos betrachteten sie mich. Ich war wie gelähmt, Todesangst bis in die Fingerspitzen. Nachdem wir uns gute fünf Minuten angestarrt hatten, begannen die Männer zu lachen. Es war ein gutmütiges, ja kindliches Gelächter, und ich versuchte – etwas gekünstelt – einzustimmen. Man redete auf mich ein, es mochten Fragen sein. Ich antwortete auf englisch, zwecklos, wir konnten uns absolut nicht verständigen, aber ich hätte auch wirklich keine einleuchtende Begründung für meine Gegenwart angeben können.

Der nächste Tag war wunderbar. Die Männer behandelten mich als Gast, gaben mir Obst, Reiswein und frische Fladen aus einem Dorf, ließen mich nach vorn auf den Beifahrersitz und machten ständig gutmütige Scherze. Sie schienen keine bösen Absichten zu haben, und ich bedauerte fast, nicht früher entdeckt worden zu sein, denn die letzten Tage der Fahrt waren die reinste Erholung.

Es wurde ständig heißer, die Vegetation änderte sich. Buschige feuchte Wälder voller Papageien, Schlingpflanzen, die mich an Tarzans Heimat erinnerten, kleine Affen, seltsame Geräusche von unsichtbarem Getier. Selten sah man Menschen. Die Fahrer bedeuteten mir, daß wir bald am Ziel wären. Dabei betrachteten sie mich eingehend, um zu erkunden, wie ich darauf reagiere. Ich spielte den Gelassenen, der ein reines Gewissen hat.«

Zarah seufzt und greift bei den Worten »reines Gewissen« in meine langen blonden Haare wie in ein Saitenspiel. Eigentlich heißt Zarah ›Herbert Böttger‹ und ist transsexuell. »Ich glaub', ich bin lesbisch«, sagt Zarah mit ihrer oder seiner herrlichen Stimme.

»Do be quiet«, befiehlt die Diplomatenfrau mit Emphase, und Tristan haut Zarah zart auf die Pfoten, was mich aus tiefster Seele beglückt. Ich bedeute ihm etwas.

»Bei Sonnenaufgang erreichten wir eine Flußlandschaft, die dicht besiedelt war. Keine Industrie, keine Telefonleitungen, jedoch ein sehr ausgeklügeltes Bewässerungssystem. Die Häuser aus getrocknetem Lehm und Bambusstäben gebaut. Die Menschen von asiatischem Aussehen, eher gelb als braun, heiter winkend. Rote und gelbe Blumen vor jeder Hütte, Körbe mit frischen Früchten vor der Haustür.

Am frühen Nachmittag näherten wir uns einem Camp, das mit Stacheldraht und Elektrozäunen gut gesichert war. Ein Posten öffnete und nahm die Säcke, die unser Fahrer mitgebracht hatte, in Empfang.

Meine Erregung wuchs. Auch die Männer schienen aufgeregt zu sein und diskutierten untereinander. Sie brachten mich in eine Baracke. Hinter einem Schreibtisch saß ein kleiner, grauäugiger Mann, der wohl zur Hälfte Europäer sein mochte. Er sprach mich in einer slawischen Sprache an. Ich antwortete englisch.

Man holte einheimische gelbe Männer in weißen Kitteln. Fast gleichzeitig begrüßten sie mich und fragten höflich nach dem Grund meines Besuches. Der eine sprach reinstes Oxfordenglisch, der andere hatte einen amerikanischen Akzent. Ich behauptete, Forscher zu sein – Biologe –, und wolle eine Arbeit über seltene Insekten schreiben. Hätte ich mich doch lieber zum Geologen,

Ethnologen oder Sprachforscher gemacht! Die Herren waren zoologische Koryphäen, und ich beantwortete ihre wissenschaftlichen Fragen so dümmlich-kümmerlich, daß sie offensichtlich in drei Minuten wußten, daß ich log.

Ihre Freundlichkeit schmolz dahin, und sie forderten mit Nachdruck, ich solle ohne Umschweife den wahren Grund meines Hierseins erklären. Wahrscheinlich wäre es im Roman oder Film zu einer wochenlangen Zerreißprobe gekommen: Ich hätte mich geweigert auszusagen, und die Herren im weißen Kittel hätten mich gefoltert. Ich bin kein Held. Nach der ersten mißlungenen Lüge sagte ich unverzüglich die Wahrheit. Die lange Reise hatte mich mürbe gemacht wie eine alte Luftmatratze.«

Tristan sieht mich beifallheischend an. Diesen Vergleich hat er sich eigens meinetwegen einfallen lassen, ich weiß das zu

69

schätzen. Aber auch Zarah buhlt um meine Gunst, sie hat für mich Fahrradflickzeug vom Hausmeistersohn geklaut. Kotzebue wiederum füttert mich pausenlos mit weißer Schokolade, für die wir beide die gleiche Leidenschaft hegen. Im Sommer kann das Leben sehr schön sein. Nur die Diplomatenfrau ist unruhig, weil ihr eine Ameise in den Schlüpfer gekrabbelt ist. Von weitem sehen wir den Oberarzt seine Runde drehen; im Grunde haßt er uns alle, weil wir natürlich nur dank großzügig fließender Gelder unserer Eltern hier sein können (das heißt, ein paar von uns besitzen diese Mittel selbst, weil sie bereits geerbt haben).

Michael Jackson und Zarah verlassen uns, sie wollen üben. »Lasciate mi morire«, hören wir ergriffen.

Der Schlangenmensch fährt fort: »Die Reaktion der drei Männer war ebensowenig spektakulär. Sie schickten mich ins Bett.

Etwas anderes interessierte mich in jenem Augenblick auch gar nicht. Als ich erfrischt in einem Gästehäuschen erwachte, brachte man mir Reis mit gebratenem Hammelfleisch, Mangos und grünen Tee. War ich Gefangener oder Gast? Konnte ich furchtlos essen und schlafen, oder erwartete mich der Tod? War dieses vorzügliche Essen meine Henkersmahlzeit?

Bevor ich lange grübeln konnte, holte man mich zur Sightseeing-Tour durch die weitläufige Anlage ab. Wir bestiegen ein Elektroauto und fuhren langsam zwischen Verwaltungsgebäuden, Küchen, einer Färberei vorbei. Kinder zwischen sieben und neun Jahren stürzten aus einem Gebäude.

Das ist des Rätsels Lösung, fuhr es mir durch den Kopf. Diese Kinder gehen wahrscheinlich in keine Schule, müssen bereits im Vorschulalter stricken lernen und verbringen ihre ganze Kindheit mit eintöniger Arbeit. ›Unser Land hat keine Bodenschätze‹, bemerkte mein Begleiter, ›dafür sind wir reich an Kindern. Früher waren wir ein sehr armes Land. Aber seit wir in den Bergen Schafe züchten und aus der Wolle Pullover herstellen, können wir einen großen wirtschaftlichen Aufschwung verbuchen.‹ Er lächelte stolz. Ich fragte, was die Kinder hier täten. Alle Schulklassen des Landes verbrächten abwechselnd einige Wochen im Camp. Sie machten Ferien und dürften die Farben der Pullover nach eigenem Geschmack zusammenstellen.

Wir hielten an einem Gebäude, das ein Laboratorium zu sein schien. Hinter dem ersten Raum, der Mikroskope und mir unbekannte Instrumente enthielt, erblickte ich einen langgestreckten Saal. Dort standen Regale mit flachen, offenen Schubladen. Es brannte ein eigentümliches, künstlich-violettes Licht. Ich trat näher, um einen Blick auf die Schubladen zu werfen.

Sie waren mit Sand gefüllt; darin eingebettet steckten Eier unterschiedlicher Größe und Färbung. Ohne meine Fragen zu beantworten, ließ man mich wieder den Wagen besteigen.

Die Anlage war groß. Arbeiter mit Säkken, Elektrokarren mit bunt gefärbter Schafwolle, ein Förderband mit Mist – alles schien durchdacht und sinnvoll, ergab aber für mich keinen Zusammenhang.

Wir kämen jetzt zum Zentrum, sagte der Forscher, eigentlich dürfe man nur alle zwei Stunden bei Stromabsperrung passieren, aber ich sei ja kein Kind mehr und werde mich vor den elektrischen Drähten vorsehen. Man öffnete uns ein weiteres Tor, das mit plumpen Totenköpfen, Blitzen und anderen warnenden Symbolen gekennzeichnet war. Zu meinem Erstaunen betraten wir aber kein Gebäude, sondern ein riesiges freies Feld, auf dem abgestorbene Bäume wie Kreuze auf einem Friedhof in regelmäßigen Abständen eingerammt waren.

Beim zweiten Blick gerann mir das Blut in den Adern. Auf jedem toten Baum, in jeder Astgabel lag auf einer Plattform eine Schlange, die gleichsam als lebende Rundstricknadel an einem Pullover arbeitete. Mir stockte der Atem. Der Forscher kostete mein Entsetzen aus, er freute sich von Herzen.«

Vor uns pflanzt sich ungebeten und lauschend Rainer, der Romanist, auf. »Decamerone«, meint er geheimnisvoll. Er glaubt, daß wir alle – wie er – aus Angst vor Aids hierhergeflohen sind. Dabei konnte er sich sicherlich stets eine sterile Kanüle leisten.

Kotzebue kapiert weder Anspielungen auf Boccaccio noch auf Handarbeitstechniken. »Schlangen haben keine Hände«, meint er.

»Typisch Mann«, sagt Tristan, »alle Frauen haben mich sofort verstanden, die wissen eben, was eine Rundstricknadel ist.«

Ich nicke. Die Schlangen arbeiten mit ihrem geschmeidigen Leib, erkläre ich, Kopf und Schwanz treffen sich als Nadelspitzen.

Tristan nickt beifällig und spricht weiter: »Ich betrachtete mir nun die Konstruktion genauer. Schlangen der verschiedensten Länge, von daumendickem bis streichholzdünnem Umfang, bewegten sich nahezu geräuschlos und strickten in atemberaubender Schnelligkeit. Über ihnen war ein Schutzdach aus Wellblech montiert, die kreisförmige Plattform bestand aus geflochtenem, luftigem Bast. Um jedes Schlangennest spannte sich ein enges Netz aus Elektrodraht. Unter den Bäumen standen Körbe mit farbiger Wolle. ›Die größten Probleme‹, erklärte mir der Forscher,

›machten uns lange Zeit die Freßgewohnheiten der Schlangen. In freier Natur pflegen sie nämlich nur alle zwei Tage ausgiebig zu speisen und danach fast vierzig Stunden zu schlafen. Für unsere Zwecke war das unmöglich. Durch Zucht und Dressur haben wir erreicht, daß sie jetzt häufig kleine Mahlzeiten zu sich nehmen und dadurch nicht träge werden.‹ Er sah auf die Uhr. ›In fünf Minuten ist es wieder soweit.‹

Wirklich ertönte bald darauf ein Gong. Wärter erschienen mit Futtersäcken, gleichzeitig wurde der Strom abgeschaltet. Die Schlangen hörten unverzüglich auf zu arbeiten. Beim zweiten Gong begann die Fütterung mit weißen Mäusen, und bei einem dritten Signal erschienen die Kinder, die ich bereits gesehen hatte. Geordnet, in Zweierreihen. Jedes Kind trug eine Zahl am Pullover und begab sich ohne Umschweife zu einer bestimmten Schlange, an deren Blechdach die gleiche Nummer befestigt war. Die Schüler schnitten den baumelnden Wollfaden ab und knüpften eine neue Farbe an das lose Ende. Dies geschah mit großem Ernst und nicht ohne Zögern und Abwägen. Es schien, als seien sich die Kinder bei dieser kreativen Handlung einer großen Verantwortung bewußt.

Der Forscher fragte, ob ich Lust hätte, mir einen Pullover nach eigenem Geschmack stricken zu lassen. Ich nickte beklommen. Er maß meine Größe mit den Augen und wollte wissen, ob ich einen grob- oder feingestrickten Pullover wünsche. Ich entschied mich für einen dicken, und er führte mich zu einer Gruppe molliger Schlangen. Ein grünes Tier mit Goldaugen sollte für mich arbeiten. Ich wählte Farben in Blautönen, ein wenig Naturweiß und Bambusgrün. Der Forscher hielt der Schlange, die geruht hatte, das blaue Wollende hin und schaltete an einem Spezialschalter den Strom ein. Sofort nahm die

Strickerin Maschen auf. Als der Wissenschaftler der Meinung war, daß es für meinen schmalen Körperumfang genug war, drückte er auf einen zweiten Schalter, und die Schlange begann zu stricken.

Leider ginge es nicht ohne Strom, erklärte mein Führer, obgleich es ihm natürlich auch lieber wäre, wenn die Schlangen freiwillig arbeiteten; man experimentiere augenblicklich mit einer Spezies, die ohne Zwang stricken könne. Jetzt bedürfe es aber leider noch dieser rigorosen Maßnahmen: Ein kompliziertes System sorge dafür, daß die Arbeiterinnen keinen Schlag erhielten, solange sie die Strickbewegungen flink und regelmäßig ausführten. Sobald sie aufhörten, erhielten sie empfindliche Stromstöße. Wenn man von den Fütterungspausen absähe, arbeiteten die Tiere ohne Unterbrechung, bis ein ganzer Pullover fertig sei. Dann allerdings durften sie zwei volle Tage schlafen.

Inzwischen war mein Pullover schon um einige Zentimeter gewachsen, mir graute. Ich bat zurückzufahren. Auf dem Heimweg zeigte man mir noch eine kleinere Halle, in der Frauen mit dem Einnähen von Ärmeln beschäftigt waren. Als wir wieder im Büro saßen, wurde mir schwindlig. Ich machte den Wissenschaftlern die schlimmsten Vorwürfe, KZ der Tiere war noch eine milde Variante.

Die Forscher fragten gekränkt, ob mir menschliche Ausbeutung lieber gewesen wäre? Im übrigen hätten sie eine Kommission gebildet, die sich mit der Altersversorgung strickender Schlangen befasse.«

Wir starrten Tristan an. Wieso war er noch am Leben, warum hatte man ihn nicht liquidiert? Der Schlangenmensch sagte, er sei sehr krank geworden, und man habe ihn nach seiner Genesung mit dem nächsten Pullovertransport zurück nach Hongkong gebracht. Offensichtlich waren die Tierquäler davon ausgegangen, daß ihm kein Mensch seine geheimnisvolle Geschichte glauben werde. Womit sie leider recht behielten.

Ich betrachte den Pullover, den er mir geschenkt hat. »Ist der von dort?« frage ich. Bei Männern, die ich mag, bringe ich meistens keinen kunstvollen Satz zustande.

Tristan nickt. Wir sind allein, Kotzebue und die Diplomatenfrau haben sich taktvoll davongeschlichen.

»Und deine Schlangenphobie? Kommt die auch von dort?« frage ich wieder etwas ungelenk.

Er schüttelt den Kopf. »Ich habe keine Schlangenphobie. Mein Problem sind die Menschen.«

Ich verstehe ihn gut, denn mir geht es genauso. Vielleicht sollte ich auch Zoologie studieren.

Am Abend werfe ich die Tranquilizer ins Klo und mache mich auf den Weg. Das Gebäude, in dem Tristan wohnt, liegt ganz hinten, ich muß den dunklen Park überwinden. Aber ich habe keine Angst mehr vor Kröten, Spinnen und Oberärzten. Als ich die Tür seines Zimmers aufreiße, sitzt der Schlangenmensch im Schneidersitz auf seinem Bett und strickt. Weinrot und Türkis, Rosenholz und Apfelgrün, Himbeer und Gold. Mein Gott, wie sehr habe ich mir einen Mann gewünscht, der mir Pullover strickt.

Fisherman's Friend

Ausgerechnet auf diesen blöden Angler-festen lernte ich die Männer kennen. Schon als kleines Mädchen mußten Mutter und ich einmal im Jahr mit den Sports-freunden meines Vaters und ihren Familien ein Sommerfest feiern, als ob es zu Hause nicht oft genug Fisch gegeben hätte.

Die Frauen bereiteten Kartoffelsalat, Streuselkuchen und andere kulinarische Höchstleistungen zu, die Männer sorgten für Bier vom Faß und gegrillten Fisch. Die Kinder spritzten sich mit Wasserpistolen naß und heulten, weil sie von einer Wespe gestochen wurden. Es wurde gefressen, ge-soffen, gegrölt und geschwoft, aber immer

im Rahmen einer gewissen Zucht und Ordnung. Das Ganze fand im Vereinshaus am
See statt, bei schönem Wetter auf den Wiesen am Bootssteg. Unter Lampions habe
ich Eugen kennengelernt, später den Ulli.

Damals war ich siebzehn und dumm wie
Bohnenstroh. Ich kapierte nicht, daß Eugen sich nur deshalb an mich heranmachte,
weil ihn die Torschlußpanik erwischt hatte;
er war fast vierzig, und noch keine Frau
hatte bis jetzt angebissen. Ich empfand sein
Alter als Auszeichnung. Ein Mann, der fast
so alt und konservativ wie mein Papa war
und ausgerechnet mich bevorzugte, das war
eine Gnade. Eugen war klein und mickrig,
weder witzig noch interessant, aber wenigstens ein bißchen reich. Er besaß ein alt-
eingesessenes Fachgeschäft für Schirme,
Handschuhe und Hüte. Bisher hatte ich nur
Omas gestrickte Fäustlinge getragen, von
da an wurde ich die Besitzerin einer Kol-
lektion feinster Lederhandschuhe.

Meine Eltern waren nicht viel klüger als ich, denn sie hielten Eugens Werbung ebenfalls für einen Glücksfall. Nicht lange fackeln, zugreifen! empfahlen sie. Ich war damals nämlich nicht bloß unbedarft, auch meine berufliche Karriere als Briefträgerin sah nicht vielversprechend aus.

Mit achtzehn war ich verheiratet, mit neunzehn Mutter. Anfangs sollte ich im Laden helfen, aber schon nach den ersten Versuchen hatte ich keine Lust mehr. Weil ich von Tuten und Blasen keine Ahnung hatte, nahmen mich die Verkäuferinnen als Chefin nicht ernst. Es verletzte mich, daß hinter meinem Rücken über mich getuschelt wurde, und zwar nicht gerade positiv. Wahrscheinlich habe ich Eugen so mit meinem Gejammer genervt, daß er mich nie mehr im Laden sehen wollte. Ich blieb also zu Hause, hatte mit Haushalt und Kind genug zu tun und war anfangs fast zufrieden.

Es dauerte eine Weile, bis ich Eugen näher kennenlernte. Seine Hobbys waren Angeln und Autofahren. Er besaß einen Landrover für den Sport und einen dicken Mercedes für die Stadt. Da er sehr klein war, trug er stets karierte Hüte aus dem eigenen Geschäft, damit wenigstens ein Stückchen Eugen hinterm Steuerrad zu sehen war. Morgens war er der erste und abends der letzte im Laden. Wenn er heimkam, wollte er essen, fernsehen, die ADAC- oder Angler-Zeitung lesen und es sich in Pantoffeln und Bademantel gemütlich machen. Falls es nicht in Strömen goß, verbrachte er die Wochenenden in reiner Männergesellschaft am See. Nachdem er so rasch einen Erbprinzen gezeugt hatte, schien ihn die Lust verlassen zu haben, noch einen zweiten Angler in die Welt zu setzen.

Eugen wußte aber, daß eine junge Frau im allgemeinen gewisse Ansprüche stellt, und hatte ein latent schlechtes Gewissen. Daher verhielt er sich in finanzieller Hinsicht sehr großzügig. Ich bekam ein reichliches Taschengeld und konnte mir Kleider, Kosmetika, Schuhe und Handtaschen nach Herzenslust kaufen, ohne daß er je gemeckert hätte. Ja, er war geradezu stolz, daß sich der kleine braune Spatz an seiner Seite zu einem Goldfasan mauserte. Gelegentlich gingen wir zusammen essen, dann genoß er es, daß ich sowohl bei Männern als auch bei Frauen Aufsehen erregte. Zur Geburt unseres Sohnes schenkte er mir eine Perlenkette, zum fünften Hochzeitstag einen Pelzmantel. Nicht gerade originell, aber gut gemeint.

Durch mein verändertes Aussehen – abgesehen von den schicken Klamotten war ich auch selbst hübscher geworden – wuchs mein Selbstbewußtsein und meine Unternehmungslust. Täglich ging ich mit dem Kleinen nachmittags in den Schloßpark, ließ ihn ein wenig auf dem Spielplatz tollen und besuchte anschließend das Schloßcafé. Jonas löffelte ein großes Eis, ich trank einen doppelten Espresso. Leider waren um diese Zeit meistens ältere Damen oder Mütter mit Kindern unterwegs, so daß ich keine Gelegenheit hatte, mit einem Mann anzubändeln.

Aber auf dem nächsten Anglerfest geschah es. Ich hatte den Ulli bereits gekannt, als wir beide noch Kinder waren, aber dann zog seine Familie fort. Ulli hatte Abitur gemacht und war Textilingenieur geworden. Vor kurzem hatte er seine erste Stelle in der hiesigen Weberei angetreten.

Er war das Gegenteil von Eugen. Jung, hübsch, groß und stark, lustig und kein bißchen langweilig. Natürlich waren alle Mädels scharf auf ihn, ich rechnete mir keine großen Chancen aus. Manchmal kommt einem aber das Schicksal zu Hilfe. Ulli suchte einen gebrauchten Wagen, Eugen wollte seinen Landrover verkaufen. Sie verabredeten sich für den nächsten Sonntag bei uns.

Ich hatte Kaffee gekocht und mich hübsch gemacht, obgleich man mich bei der Probefahrt sicher nicht mitnehmen würde. Aber ich hatte ein zweites Mal Glück: Kurz bevor Ulli eintraf, rief die Polizei an. In der Samstagnacht war in Eugens Laden eingebrochen worden. Mein Mann fuhr sofort hin, um den Schaden zu begutachten; ich sollte unterdessen den Gast bewirten, in die Garage führen und ihm den Wagen zeigen. Unser Kleiner übernachtete am Wochenende stets bei meinen Eltern – »damit ihr ausschlafen könnt«, sagten sie. Wahrscheinlich verbanden sie mit diesem Angebot die Hoffnung auf eine Enkelin.

Ulli wollte den Wagen nicht bloß anschauen, sondern auf einer Geländefahrt testen. Wir stiegen ein, fuhren in den Wald, hielten an und küßten uns. Dann ging es wortlos wieder zurück. Als der geplagte Eugen heimkam, bemerkte er nicht, wie aufgeregt ich war, denn ich hatte mich wahrscheinlich zum ersten Mal im Leben verliebt.

Von da an war ich nicht mehr zu bremsen. Zweimal in der Woche lieferte ich Jonas am Nachmittag bei meinen Eltern ab und besuchte Ulli gegen fünf Uhr in seiner Wohnung. Wenn Eugen um sieben nach Hause kam, war ich schon wieder da. Natürlich waren meine illegalen Ausflüge riskant. In einer mittelgroßen Stadt wie der unseren blieb es Ullis Nachbarn wohl kaum verborgen, wer ihn so häufig besuchte. Es war nur eine Sache der Zeit, wann man Eugen im Geschäft oder beim Stammtisch gehässige Andeutungen machen würde.

Seit ich Ulli liebte, konnte ich meinen Mann nicht mehr ausstehen. Ich malte mir anfangs die Scheidung, später seinen Tod aus. Die zweite Version hatte den Vorteil, daß ich eine gute Rente und die Lebensversicherung ausbezahlt bekäme. Ich wäre dann wirtschaftlich unabhängig, denn auf einen gewissen Luxus mochte ich nie mehr verzichten.

Obgleich ich nicht allzuviel Phantasie habe, begann ich, einen Plan aufzustellen, um Ulli gegen Eugen systematisch aufzuhetzen. In Phase I stellte ich mich als Heilige dar, die einem Sadisten schutzlos ausgeliefert war. Ullis Ritterlichkeit wurde geweckt, ebenso sein Mitleid. Er wollte mich durch Entführung aus des Teufels Fängen erretten. In Phase II wurde ich konkreter: Ich setzte Ulli die Heirat als Lösung allen Unheils in den Kopf und deutete an, daß mich Eugen im Falle einer Scheidung völlig über den Tisch ziehen würde. Meinem Lover war es nach reiflichem Überlegen natürlich lieber, eine begüterte Frau zu bekommen. Phase III zielte direkt auf die Bedrohung unseres Lebens: Sollte Eugen von unserer Beziehung erfahren, würde er uns wahrscheinlich beide umbringen.

Ulli war – ich sagte es schon – ein schöner, starker, großer Junge, aber nicht übermäßig intelligent. Er glaubte mir alles und sah ein, daß wir Eugen zuvorkommen müßten.

Mein Mann wunderte sich, als ich ihn eines Abends über seine Angelgründe ausfragte. »Seit wann interessierst du dich für meine Hobbys?« fragte er und erzählte mir dann, daß er kürzlich einen kleinen See im Odenwald entdeckt hätte, wo er in völliger Einsamkeit wundervolle Fische an Land zöge. Das sei aber wie beim Pilzsuchen, er werde sein Geheimplätzchen keiner Menschenseele verraten. »Aber mir kannst du es schließlich sagen, ich bin ja keine Rivalin! Nimm uns doch einmal mit«, bat ich, »für unseren Jungen wäre das ein Paradies ...« Bis jetzt hatte unser Jonas wenig Freude am Angeln gefunden, er war noch zu klein, um stundenlang still zu sitzen und ins Wasser zu glotzen. Eugen war zwar nicht begeistert, aber er sah ein, daß er seinen Sohn allmählich an die männlichen Freuden der Wildnis gewöhnen mußte.

Der kleine See war wirklich nicht leicht zu finden, man mußte auf Feldwegen und durch matschige Wiesen fahren, aber der neue Geländewagen schaffte das spielend. Ich saß mit Jonas im Fond und machte mir heimlich Notizen und kleine Zeichnungen. Fast bedauerte ich es, daß ich Eugen nie auf seinen sonntäglichen Ausflügen begleitet hatte. Es war zauberhaft hier. Obgleich es noch früh im Jahr und reichlich kühl war, kam die Sonne doch ein paarmal heraus, leuchtete über das stille Wasser und wärmte uns. Wildenten ließen sich kaum stören, Haselkätzchen blühten. Eugen und Jonas setzten sich auf die mitgebrachten Klappstühle und warfen die Angel aus, ich machte einen kleinen Spaziergang. Als ich nach einer Viertelstunde zurückkam, war es dem Kind bereits kalt und langweilig geworden. Jonas saß im Auto und betrachtete Comics.

»Wenn du den Frieden hier draußen einatmest«, sagte Eugen, »kannst du vielleicht besser verstehen, daß sich mein eigentliches Leben nicht bloß im Hutgeschäft abspielt. Hier bin ich Robinson, hier fühle ich mich lebendig.«

Nicht mehr lange, dachte ich, dafür werde ich schon sorgen.

Gemeinsam mit Ulli fuhr ich einige Tage später hinaus und zeigte ihm den verschwiegenen See. »Du mußt so tun, als hättest du diese Idylle gerade erst entdeckt, wenn du am nächsten Sonntag auf Eugen triffst. Es wird kein großes Problem sein, ihn versehentlich ins Wasser zu werfen und seinen Kopf bei der ›Rettungsaktion‹ ein wenig unterzutauchen. Vergiß nicht, die hohen Gummistiefel anzuziehen!«

Ulli nickte. Hand in Hand liefen wir um den kleinen See, blieben gelegentlich stehen, um uns zu küssen oder auf irgendeinen Wasservogel aufmerksam zu machen. Ich brach braune Rohrkolben ab, ohne zu bedenken, daß ich sie nicht mit heimnehmen konnte. Plötzlich tauchte ein Förster auf. Was wir hier im Naturschutzgebiet zu suchen hätten? Ob wir die Schilder nicht lesen könnten? Offensichtlich hatte Eugen einen Schleichweg ausfindig gemacht, der abseits aller Hinweise verlief. Wir wurden freundlich ermahnt und nach Hause geschickt. Gegen Liebespaare ist man nachsichtig.

Leider konnte ich Eugen nicht erzählen, daß er auf unerlaubtem Terrain fischen ging. Andererseits konnte es aber sein, daß er das durchaus wußte, ja daß er eine Sondererlaubnis des Försters besaß. Eugen hatte überall hilfsbereite Stammtischkumpel und Sportskameraden, denen er seiner-

seits beim Einkauf von Anglerhüten, oliv-
grünen Schals und fingerfreien Jägerhand-
schuhen einen guten Rabatt einräumte.

Am nächsten Sonntag wollte Ulli jeden-
falls sein Glück versuchen. Jetzt, im Vor-
frühling, waren kaum Menschen unterwegs, denen er begegnen konnte. Und falls
der Förster wieder auftauchen würde, dann
mußte er eben kurzfristig umdisponieren.

Den besagten Sonntag verbrachte Jonas
wie immer bei meinen Eltern, ich wartete
auf Ullis Anruf. Nie hätte ich gedacht,
daß ich so durchdrehen könnte, bereits in
der vorausgegangenen Nacht hatte ich kein
Auge zugetan. Ich konnte nicht essen, trank
aber Cognac zur Beruhigung. Im Haus
herrschte vollkommene Ruhe, es tat sich
absolut nichts. Vergebens wählte ich Ullis
Nummer. Allmählich wurde es dunkel, und
ich mußte Jonas abholen; natürlich durfte
ich mich auf keinen Fall anders benehmen
als sonst.

Längst war ich mit meinem Sohn wieder daheim und saß mit ihm vorm Fernseher – natürlich ohne irgend etwas von der Sendung mitzubekommen –, als ich Eugens Wagen hörte. Ich rannte an die Haustür.

Ulli und Eugen stiegen in bestem Einvernehmen aus, ließen sich überhaupt nicht von meinem bleichen Antlitz beeindrukken, sondern holten aus dem Kofferraum eine große Plastiktüte. »Fast zu schade zum Einfrieren«, sagte Eugen, »einen derart riesigen Zander habe ich noch nie rausgeholt, so was nennt man Anfängerglück.« Ulli hatte anscheinend alle unsere Pläne vergessen, denn er präsentierte mir seinen fetten Fisch mit leuchtenden Augen. »Ohne deinen Mann hätte ich das nie geschafft«, versicherte er dankbar.

Während ich Jonas ins Bett brachte, hantierten die beiden Männer in der Küche herum. Sie hatten beschlossen, den Zander auf der Stelle zum Abendessen zuzubereiten. Ulli schälte Kartoffeln, Eugen nahm den Fisch aus und entfernte die Schuppen, zu weiteren küchentechnischen Aufgaben war er allerdings unfähig. Es dauerte nicht lange, da saßen die beiden Angelkumpane biertrinkend im Wohnzimmer, während ich mit Tränen in den Augen den Fisch in der einen, die Kartoffeln in der anderen Pfanne briet. Man hatte mir einen hübschen Haufen schleimiger Eingeweide und sandiger Kartoffelschalen hinterlassen, außerdem verspritzte Kacheln und verschütteten Schnaps. Es stank gen Himmel.

Bald ließen es sich die beiden schmecken; Eugen prahlte mit früheren Erfolgen, Ulli mit dem heutigen Fang. Ich saß dabei, aß keinen Bissen und sprach kein Wort. Die beiden Männer trafen Verabredungen für das nächste Wochenende. Sie waren offensichtlich in kürzester Zeit dicke Freunde geworden.

Natürlich blieb mehr als die Hälfte des

kapitalen Fisches übrig, obgleich die Männer wie die Scheunendrescher zugeschlagen hatten. »Den Rest gibt's morgen«, schlug Eugen vor. Ich schüttelte den Kopf; weder Jonas noch ich mochten ständig aufgewärmte Fischreste essen, ich hatte dem Jungen für den nächsten Tag Schnitzel mit Pommes versprochen. »Lieber werde ich alles einfrieren«, sagte ich.

Der Versuchung, den allseitig angesäbelten Fisch in den Mülleimer zu werfen, widerstand ich. Vorsichtig löste ich die Gräten heraus, zog die Haut ab und gab das Fischfleisch in den Mixer. Vermengt mit einem eingeweichten Brötchen, Salz, Curry, Kapern, feingewiegten Zwiebeln und Crème fraîche stellte ich appetitliche Fischfrikadellen her. Als ich sie gerade braten und anschließend einfrieren wollte, kam mir allerdings die zündende Idee. Behutsam entnahm ich dem Abfalleimer größere und kleinere Gräten und bettete sie liebevoll und unauffällig in die geformten Frikadellen. Dann erst wurde gebraten und gefroren, damit meine sportlichen Männer beim nächsten Ausflug ein Überraschungspicknick mitnehmen konnten. Frischer Salat und gebuttertes Vollkornbrot boten sich als perfekte Ergänzung an.

Man war am nächsten Sonntag gerührt über das zünftige Picknickkörbchen, das ich vorbereitet hatte. Als liebende Gattin und heimliche Geliebte hatte ich außer den mit Salat und Tomaten garnierten Frikadellen noch rotkarierte Servietten, einen Salzstreuer und sogar kleine Schnapsfläschchen eingepackt, obgleich ein richtiger Angler in der Regel den eigenen Flachmann bei sich trägt.

Meine anfängliche Wut auf Ulli war inzwischen einer ungezügelten Rachlust gewichen. Er hatte es tatsächlich gewagt, nach meinem vorwurfsvollen Anruf den Beleidigten zu mimen. »Dein Mann ist eigentlich sehr nett«, hatte er behauptet, »ich verstehe gar nicht, was du gegen ihn hast! Gott sei Dank hat sich alles anders ergeben, als du es dir ausgedacht hast! Oder hast du etwa im Ernst geglaubt, ich könnte einen Mord begehen?«

An diesem Sonntag mußte ich wieder unendlich lange auf ein Lebenszeichen der Angler warten. Ich malte mir die verschiedensten Gräten-Katastrophen aus, die von panikartigem Husten bis zu Erstickungsanfällen führten. Möglicherweise hatten sie jedoch bereits beim ersten Bissen die Gefahr und auch die böse Absicht erkannt und standen in wenigen Minuten mit gezücktem Hirschfänger vor der Tür.

Eugen kam allein und brachte kaum ein »Guten Abend« heraus. Erst auf meine eindringlichen Fragen erfuhr ich, daß Ulli bereits zu Hause war. Auch am anderen Morgen benahm sich Eugen seltsam. Er verließ das Haus allzu zeitig, ohne Frühstück und Gruß. Das Picknickkörbchen war weder in seinem Wagen noch in der Garage zu finden. Obgleich es mein Stolz fast verhinderte, rief ich Ulli im Büro an. Er sei nicht zu sprechen, ließ mir die Sekretärin ausrichten. Als er eigentlich längst zu Hause sein mußte, nahm er dort den Hörer nicht ab.

Zwei Tage später las ich in der Zeitung, daß man im Naturschutzgebiet an einem kleinen See im Odenwald einen toten Förster aufgefunden habe. Als Zeuge werde der Inhaber eines Landrovers gesucht, da die Reifenspuren am Ufer von einem solchen Wagen stammen mußten. Ob Unfall oder Mord könne erst nach der Obduktion festgestellt werden, allerdings würden verschiedene Zeichen auf einen Tod durch Ersticken hinweisen. Rätselhaft sei außerdem der Fund von mehreren Schnapsfläschchen und den Resten eines Picknicks.

Ich stellte Eugen zur Rede. Es müsse sich um den See handeln, den er mir gezeigt habe, es seien auch sicher die Reifenspuren seines Rovers, und das Picknick stamme aus meiner Küche. Ob ihn der Förster bei verbotenem Fischen entdeckt habe?

Eugen brach zusammen. Der Förster bekam regelmäßig eine »Spende« für das unerlaubte Fischen zugesteckt, man kannte und schätzte sich. An jenem verhängnisvollen Sonntag habe man die mitgebrachten Mahlzeiten ausgetauscht. Ulli und Eugen erhielten Kabanossi, Landjäger und Schwarzbrot mit Gänseschmalz, während der Förster sich über die Fischfrikadellen hermachte. Als er nach einem grauenvollen Würge- und Hustenanfall erstickte, ohne daß sie ihm durch Rückenklopfen, Schütteln und Finger-in-den-Mund helfen konnten, waren sie in blinder Panik geflohen. Aber nicht etwa gleich nach Hause, sondern in eine Kneipe ganz in unserer Nähe.

»Wir mußten uns erst abreagieren«, erklärte Eugen, der mir noch viel kleiner vorkam als sonst.

Natürlich konnte ich mit keiner Seele über seine Beichte sprechen, denn meine eigene Rolle in diesem Drama durfte auf keinen Fall ans Licht kommen; hoffentlich hielt Ulli dicht.

Wahrscheinlich haben wir die nächste Zeit alle drei unter schweren Träumen gelitten, haben jedes Telefonklingeln und jeden fremden Schritt an der Haustür als Bedrohung gedeutet. Aber nichts geschah, weder Ulli noch die Kripo meldete sich.

Langsam begann ich, nicht ständig an den toten Mann am See zu denken, den falschen Ulli aus meinem Gedächtnis zu streichen und mich dem Alltag zuzuwenden. Jonas wurde demnächst eingeschult, eine wichtige Sache für Mutter und Kind.

Mehrere Monate waren verstrichen, als ich den Anruf einer fremden Frau erhielt. »Mein Name tut nichts zur Sache, nennen Sie mich einfach Adelheid«, sagte sie und deutete an, daß sie Dinge wisse, die von großer Wichtigkeit für mich seien. Falls ich das vorgeschlagene Stelldichein nicht einhalte, würde sie ein uns beiden bekanntes Geheimnis an die Öffentlichkeit bringen.

Was blieb mir anderes übrig? In meiner Angst dachte ich allerdings nur, daß es eine Erpresserin sei, die mein Verhältnis mit Ulli – das längst beendet war – meinem Mann verraten wollte. Ich mußte wahrscheinlich zahlen.

Jonas war bei meinen Eltern, Eugen war angeln, ich saß in einem Café einer unbekannten Frau gegenüber, wohlweislich nicht in unserem Städtchen, sondern in einer benachbarten Großstadt.

Die sogenannte Adelheid ließ hurtig die Katze aus dem Sack. Bei einem doppelten Espresso, warmem Apfelstrudel und einem Klacks Vanilleeis erfuhr ich, daß sie die Frau des verstorbenen Försters war. Anhand seiner Notizen hatte sie herausgekriegt, von wem die monatliche »Spende« stammte. Ihr Mann hatte sie überdies eingeweiht, daß er sich gelegentlich am See mit einem »Spezi« treffe, dessen Finanzspritze dem geplanten Urlaub in der Karibik zugute komme.

»Als mir die Polizisten den Tod meines Mannes meldeten, brachten sie ein fremdes Picknickkörbchen mit und stellten es mir in die Küche. Während ich den Beamten Kaffee kochte, habe ich den Korb nebst Inhalt untersucht. Ich hatte damals den Verdacht, daß mein Mann vergiftet worden sei, und nahm eine von den zwei Fischfrikadellen heraus. Man hört ja immer wieder, wie schludrig in den Labors gearbeitet wird.«

Wie eine unglückliche Witwe sah die Fremde nicht aus. Gut gekleidet, gut geschminkt, gut erhalten, stellte ich fest, und sie verstand es überdies, lebhaft und fesselnd zu berichten. Aber was wollte sie von mir?

»Die Polizisten nahmen den Korb plus Inhalt wieder mit, als sie erfuhren, daß diese Dinge nicht aus unserem Haushalt stammten. Im übrigen war mein Verdacht berechtigt, denn bei der chemischen Analyse wurde nur festgestellt, daß kein Gift im Fisch enthalten war. Bei der Obduktion hatte man allerdings sofort entdeckt, daß mein Mann letzten Endes an einer Gräte im Hals gestorben war, denn er erstickte an Erbrochenem. Also ein Unfall, Fischfrikadellen können naturgemäß ein paar Gräten enthalten, dachten die klugen Herren.«

»Was habe ich damit zu tun?« fragte ich und konnte nicht verhindern, daß fieberhafte Röte mein Gesicht überzog.

Sie fuhr fort. »Die Fischfarce ist im Mixer püriert worden, das konnte ich sofort erkennen. Wären Ihnen versehentlich ein paar Gräten hineingeraten, dann wären sie ebenfalls zu Mus geworden, wie jede Hausfrau weiß. Also war klar, daß Sie die Gräten absichtlich, nachträglich und nicht mit liebevollen Gedanken hineinpraktiziert haben.« Ich sah die Fremde jetzt voll an. Sie erwiderte meinen Blick ohne Vorwurf, ja mit leichter Bewunderung. Schließlich lächelten wir beide.

»Sie haben mir einen großen Gefallen getan«, sagte sie, »denn ich wollte diesen einfältigen Wild- und Wassermann schon lange loswerden; nur hatte er mir bis dahin nicht den Gefallen getan, eine Lebensversicherung abzuschließen. Er meinte, es sei nicht nötig, als Beamtenwitwe sei ich gut versorgt.«

Das war bedauerlich, ich mußte es zugeben. »Wie stünden Sie in einem solchen Fall da?« fragte sie teilnahmsvoll. Stolz konnte ich berichten, daß Eugen nicht so kleinlich war. Im Falle seines Ablebens war ich bestens abgesichert.

Wir trafen uns noch mehrmals, bis der Plan ausgereift war. Es war schon Sommer, als sie anrief und mit geheimnisvoller Stimme den ängstlichen Eugen an den See lockte. Sie habe dort etwas gefunden, das ihm gehöre.

Merkwürdigerweise vertraute sich Eugen mir an. Die Förstersfrau habe ihn an den See bestellt, wahrscheinlich wolle sie ihn an Hand seiner früher gemachten Zahlungen erpressen. Falls er nicht Punkt sieben zurück sei, solle ich Ulli anrufen und ihm zu Hilfe eilen. Leider könne er keinen Freund mitnehmen, denn die Frau habe ausdrücklich verlangt, daß er allein komme.

Im flachen Teil des Sees hatten wir einen

von Eugens Hüten über eine Weidenrute gestülpt. Wir lauerten beide im Schilfgürtel, hockten in einem niedrigen Kahn, trugen klobige Männerschuhe, um falsche Spuren zu hinterlassen, und tranken aus dem Flachmann des toten Försters.

Eugen kam pünktlich, wartete in nervöser Aufregung, sah ständig auf die Uhr und entdeckte schließlich den Hut auf der Stange. Er wunderte sich offensichtlich und zögerte mindestens zehn Minuten, bis er sich die hüfthohen Gummistiefel anzog und ins Wasser watete. Wir waren schnell zur Stelle. Mit den Rudern brachten wir ihn zu Fall, hielten seinen Kopf gebührend lange unter Wasser und übergaben ihn dann seinen geliebten Fischen.

Der Urlaub mit Adelheid läßt sich gut an. Wir haben uns schick eingekleidet, und die schönen reichen Männer der Karibik lassen sicher nicht lange auf sich warten.

Wer Hochseefischerei betreibt, ist wahrscheinlich in der Wahl seiner Eltern vorsichtig gewesen.

Der gelbe Macho

Wahrscheinlich war es von Oswald beabsichtigt, daß wir zufällig auf das Tierheim stießen. Wir hatten Urlaub und erkundeten mit den Rädern die nähere Umgebung unseres Hotels. Ich nehme an, mein Mann hatte längst auf einem Stadtplan alles ins Auge gefaßt. Seine spontanen Ideen sind meist langfristig geplant.

Es waren Osterferien. Bereitwillig führte uns eine tiernärrische Schülerin zu den Hundeboxen. Verständlicherweise hatte das Mädchen seine Lieblinge; die mürrischen alten Tiere, die uns keines Blickes würdigten, überließ sie ihrer barmherzigeren Schwester. Ohne zu verweilen, brachte sie uns zu einer Hundemutter, die man trächtig an einer Autobahnraststelle ausgesetzt hatte und die nun hier ihre Jungen aufziehen durfte. Jeder weiß es: Wer nur andeutungsweise ein Herz im Leibe hat, dem steigt glückselige Rührung (fast wie bei einem Kitschfilm) als Wasser in die Augen. Ich verfiel sofort diesem Bild der reinen Lust, den wuseligen Wollkugeln, der besorgten Hundemama. Man suche dringend Abnehmer für die Kleinen, erklärte unsere Kustodin.

Oswald muß es geahnt haben. Ich konnte mich kaum trennen, ich sprach auf dem Heimweg kein Wort, aber es arbeitete in mir. »Könnten wir nicht vielleicht...«, sagte ich abends im Bett. Er erlaubte es.

Natürlich wollte er mich auf diese (vergleichsweise billige) Art von meinem Wunsch nach einem eigenen Kind ablenken. Wir waren seit sechs Jahren verheiratet. Er besaß aus erster Ehe bereits zwei, wie er behauptete, gut geratene Kinder. Anfangs hatten wir verhütet, schließlich wollte ich nach einem langen Studium erst einmal im Beruf Fuß fassen. Aber als ich die Pille absetzte, sorgte er seinerseits dafür, daß ich nicht schwanger wurde. Es kam zum großen Krach. Nach langer Abstinenz schliefen wir nun wieder gelegentlich und etwas krampfig miteinander. Wahrscheinlich dachte Oswald, ein Hündchen würde meinem Muttertrieb genügen.

Als wir Klärchen abholten, fragte Oswald nach der Rasse. Die Leiterin des Tierheims lachte. »Sehen Sie sich die Mutter an, sie ist durch und durch ein Bastard. Von Rasse kann man bei ihren Jungen schon gar nicht sprechen.«

Mir war das gerade recht. Immer wieder hört man, daß Mischlinge seltener degeneriert, jedoch klüger, lustiger und unkomplizierter sind als überzüchtete Rassehunde. »Wir sind doch keine Rassisten«, scherzte ich, »uns ist jeder Hund recht, Schäferhunde allerdings ausgenommen.« Ich sah bei diesen Kampfmaschinen unwillkürlich marschierende Soldatenstiefel, Polizei, Diktatoren vor mir.

Übrigens wurde der weitere Urlaub mit dem kleinen Hundekind ein Erfolg. Meistens hatte ich das schlafende Klärchen wie einen Säugling auf dem Schoß und ließ mir meinen Rock versauen. Alles drehte sich um sie. Es gab nichts, was mir mehr Freude bereitete, als dem spielenden Winzling zuzuschauen. Nun, was soll ich lange reden, diese schöne Zeit ging schnell vorbei. Erstens mußten wir wieder arbeiten, zweitens wurde Klärchen rasch eine stattliche Klara. Morgens eilte Oswald zu seiner Kanzlei, ich zum Krankenhaus, und Klärchen blieb jaulend im Haus. Extra ihretwegen mußte Maria jetzt täglich kommen, mehr als Babysitter denn als Putzfrau. Obgleich uns Klärchens riesige Pfoten hätten warnen sollen, gestanden wir uns erst nach einem halben Jahr ein, daß ihr Vater ein Schäferhund gewesen sein mußte. Klara hatte zwar die langen Eselsohren und den Ringelschwanz ihrer Mama, aber sonst war sie ihr keineswegs nachgeraten.

Das Klischee vom Herrn Doktor in den besten Jahren, der mit einer jungen Krankenschwester anbändelt, ist nicht nur in vielen Arztromanen und Fernsehserien, sondern auch in der Realität anzutreffen. Unter meinen Kollegen habe ich so manche Romanze mit Happy-End oder auch Tragödie beobachtet – wenn es zu Hause eine Frau und Kinder gab – und im letzteren Fall streng verurteilt. (Mein eigener Mann war bereits geschieden, als ich ihn kennenlernte.) Deswegen traf es mich ziemlich überraschend, daß ich jetzt ganz persönlich etwas Ähnliches erlebte. Jens machte Zivildienst an unserem Krankenhaus. Er war zwar nicht achtzehn, sondern bereits zwanzig, aber auch bei diesem Alter hätte ich beinahe seine Mutter sein können. Ich beschloß, nie mehr Pauschalurteile über Liebende abzugeben, jeder einzelne Fall hatte unterschiedliche Aspekte. Speziell bei mir wäre ohne die gute Klara alles anders gelaufen.

Jens war flink und angenehm. Wenn ich ihm eine Aufgabe übertrug, dann wurde sie exakt und vorbildlich ausgeführt. Auch die Patienten liebten íhn. Er trug weder eine Rastafrisur noch Ohrringe, weder Clogs noch umgedrehte Schirmmützen. Dafür besaß er einen kleinen gelben Hund, der nicht zu Hause, sondern im Auto die Mittagspause seines Herrn erwartete. Ich hatte Jens eines Tages ausführlich erklärt, worauf man beim Anlegen einer Infusion zu achten habe, als mein Blick auf die Uhr fiel. »Ach Gott«, sagte ich, »wir machen später weiter. Ich muß schnell heimflitzen, um meinen Hund auszuführen.«

Genau das hatte er seinerseits auch vorgehabt. Ich begleitete ihn zu seinem zerbeulten Wagen, sah den gelben Köter und bot spontan an, zu mir zu fahren, Klara abzuholen und mit beiden Hunden einen Spaziergang zu machen. Es war erstaunlich, daß sich Klärchen und Macho sofort gut verstanden. Seite an Seite wie zwei Pferde im Geschirr liefen sie vor uns her, fast schien es, als würden sie sich genau wie wir angeregt unterhalten. Als die Mittagspause beendet war und Jens die Autotür öffnete, sprang Macho mit einem geübten Satz auf den Rücksitz. Zu meiner Verwunderung tat Klara es ihm nach. »Komm heraus«, lockte ich, »du mußt nach Hause!« Aber sie dachte nicht daran. Beide Tiere saßen nebeneinander auf der Bank und drehten uns sozusagen eine lange Nase.

»Von mir aus kann sie liegenbleiben«, sagte Jens, »falls wir gemeinsam Dienstschluß haben.«

So kam es, daß wir nun jeden Tag ein Mittagsgängelchen zu viert unternahmen. Die Hunde schienen vollkommen zufrieden auf der haarigen grauen Wolldecke im R4 auf uns zu warten. Ich nahm nun, genauso wie Jens, das Dosenmahl für Klara mit ins Krankenhaus und fütterte sie nicht mehr zu Hause. Jene Kollegen, die ebenfalls auf dem Krankenhaushof parkten, waren gerührt über die beiden schlafenden Gesellen, die sich stets eng aneinanderkuschelten.

Natürlich erzählte ich Oswald, daß ich den Hund von nun an mit zur Arbeit nahm. Im Grunde interessierte ihn das wenig. Für die Spaziergänge und das Fressen war ich zuständig. Aber auf einmal kamen ihm doch Bedenken. »Eigentlich soll Klara unser Haus bewachen«, meinte er, »dafür haben wir sie schließlich angeschafft.« Wahrscheinlich hatte er beruflich gerade mit einem Einbruch zu tun. »Maria ist jetzt täglich hier«, sagte ich, »die ist furchterregender als jeder Bluthund.«

Beim Laufen sprachen Jens und ich gleichermaßen über Patienten und Hunde. Ich erfuhr, daß Macho – ähnlich wie Klaras Mutter – ein Findelkind war. Jens hatte ihn allerdings von einem Urlaub am Mittelmeer mitgebracht, wo er den kranken Welpen gefunden und aufgepäppelt hatte, um ihn schließlich heimzuschmuggeln. »Macho« bedeute auf spanisch so viel wie »männliches Tier«, erklärte mir Jens, während ich ihm klarmachte, warum man nicht »Herzversagen« als Diagnose auf den Totenschein schreiben dürfe, weil das sozusagen immer zutreffe.

Eines Morgens erwartete mich Jens zwar wie stets am Parkplatz, aber der Gelbe war diesmal nicht dabei. Klara war sichtlich enttäuscht. »Meine Freundin hat den Hund zum Tierarzt gebracht, sie hat die ersten beiden Stunden frei. Macho wird geimpft.«

Ich fuhr zusammen. Erstens hatte Jens eine Freundin – warum eigentlich nicht? –, und zweitens besuchte sie noch die Schule.

In der Mittagspause ging ich etwas einsam mit der trauernden Klara spazieren. Ohne Machos Gesellschaft hatte sie ungern die lange Wartezeit verbracht. Jens hupte plötzlich hinter uns. Er fahre jetzt heim, den Hund holen. Ohne zu fackeln, stiegen wir dazu. Ich war äußerst neugierig auf seine Wohnung.

Jens wohnte nicht mit seiner Freundin zusammen, aber Macho war bereits anwesend, also mußte sie einen Schlüssel besitzen. Ich war gerührt, denn ich befand mich plötzlich in einem Zimmer, das mir die Jugendlichkeit seines Besitzers deutlich vor Augen führte. Regenwaldposter an den Wänden, Gardinen aus grünem Tüll mit Plastikblumen zu einer Sommerwiese arrangiert, eine Saxophonsammlung, ein Hochbett mit zwei Kopfkissen, die Wäsche auf Körbe verteilt. In der Küche nicht der erwartete Berg schmutziges Geschirr. Jens lud mich zu einer Tasse Kaffee, Klara zu einer kleinen Dose Futter ein. Jeder Hund bekam ein bemaltes Tonschälchen hingestellt, sie fraßen beide gierig. Als es zweimal klingelte, liefen Jens und Klara an die Wohnungstür; er, um zu öffnen, sie, um pflichtgemäß zu bellen. Eigentlich wäre das Machos Pflicht, dachte ich, hier in seinem Reich nach dem Rechten zu sehen. Aber er achtete nicht auf den Postboten, sondern machte sich blitzschnell über Klaras Fressen her. Als sie wieder in der Küche erschien, schluckte er heuchlerisch weiter an den eigenen Brocken. Klara merkte nicht, daß ihr Napf so gut wie leer war.

Jens, dem ich von der kriminellen Tat seines Lieblings berichtete, wußte ähnliche Geschichten aus dem Tierreich zu erzählen. Er habe im Fernsehen einen Film über eine bestimmte afrikanische Vogelart gesehen. Diese Vögel hatten einen Wächter, der beim Vertilgen saftiger Früchte eines tropischen Baumes nicht mithalten durfte, sondern den Kopf nach allen Richtungen wenden und bei Herannahen eines Feindes einen Warnschrei abgeben sollte. Natürlich mußte jeder einmal Wächter spielen, damit es gerecht zuging. Aber es gab gelegentlich schwarze Schafe unter den bunten Vögeln: Der Schrei wurde zwar ausgestoßen, der Schwarm flog erschreckt davon, aber der Feind fehlte, und der falsche Wächter konnte sich ohne Konkurrenz vollfressen.

Als engagierter Tierfreund hatte er auch von anderen interessanten Verhaltensforschungen gelesen. Als ich einmal behauptete, Klara habe sich voll Eitelkeit im Rückspiegel betrachtet, erfuhr ich, daß nur unsere Vettern, die Menschenaffen, dazu fähig sind. »Woher will man wissen, ob sich eine Schimpansin in ihrem Spiegelbild wiedererkennt oder nur wie ein Wellensittich einen beliebigen Artgenossen darin sieht?« fragte ich.

Jens erklärte mir, daß die Forscher zu diesem Zweck bei Spiel und Spaß dem Affen einen roten Punkt auf die Stirn gemalt hätten. Viel später erst wurde ein Spiegel gebracht. Ein gebildeter Affe, der sich schon früher im Spiegel bewundert hat, bemerkt sofort, daß da etwas nicht stimmt. ›Mein Gott, wie sehe ich nur aus, das ist mir geradezu peinlich‹, scheint er zu denken. Auf der Stelle wird er versuchen, das Schandmal abzuwischen.

Wenn ich in die dunklen Augen von Jens schaute, dann war mir klar, daß ich mich bis über beide Ohren in ihn verliebt hatte, genau wie meine Hündin in den gelben Macho. Anfangs wollte ich das vor mir selbst herunterspielen. Ich bin kinderlos, dachte ich, nun habe ich mir ein reichlich großes Baby angelacht, wahrscheinlich brauche ich einen Gegenpol zu meinem alternden Oswald. Aber das war es nicht. Jens war jung, aber kein Kind. Und seine dunklen Augen waren tief wie das Meer – du liebe Zeit, wie hatte es mich erwischt, daß ich zu derart trivialen Vergleichen fähig war. Eine meiner Freundinnen behauptete, daß das bewußte siebte Jahr wirklich kritisch sei, denn fast jeder Mensch müsse sich alle sieben Jahre sowohl häuten als auch neu verlieben. Von der Zeit her stimmte es also, daß Oswald ausgedient hatte. Aber ich war mir nicht sicher, was Jens für mich empfand, schließlich war ich seine Vorgesetzte, ich war sechzehn Jahre älter, wir sagten noch nicht einmal »du« zueinander, und er hatte eine junge Freundin. Ich müßte vor Scham vergehen, wenn er mich verblüfft zurückweisen würde. Also blieb es vorerst bei gemeinsamen Spaziergängen. Aber immer wieder versuchte ich, Macho zu streicheln, wenn er sich dicht an seinen Herrn schmiegte.

Klara wußte Bescheid und hielt zu mir. Das ging so weit, daß sie eines Tages nach Oswald schnappte. Er war fassungslos und trat ihr in den Hintern. Ich ergriff Partei für meinen Hund, der es »gar nicht so gemeint hatte«. Aber Klara entschuldigte sich keineswegs, kroch weder gekränkt in ihren Korb, noch warf sie sich demütig vor ihrem Herrn in den Staub und bot ihm Bauch und Kehle dar. Fast schien sie sich über unseren Streit zu amüsieren, ja, ich meinte, sie grinsen zu sehen. Im übrigen war sie überzeugt davon, unter meinem Schutz zu stehen. Wir hatten einen neuen Leitwolf, von dessen Existenz Oswald nichts ahnte.

Als wir beide – die Hündin und ich – am nächsten Morgen ins Krankenhaus fuhren, sprach ich auf sie ein. »Das war nicht korrekt, dein Herrchen beißen zu wollen«, sagte ich, »aber ich hätte gelegentlich auch Lust dazu. Gleich treffen wir unsere heimlichen Liebsten, aber du hast genausogut einen Fehlgriff getan wie ich – bist ja beinahe doppelt so groß wie er.«

Hunde sind großzügiger als wir, dachte ich mir. Weder Rasse noch Hautfarbe, weder Alter noch Größe, weder Bildung noch Besitz und schon gar nicht der soziale Status hindern sie an der Liebe. Man kann viel von ihnen lernen. Oswald war eifersüchtig auf Klara, obgleich er das nie zugegeben hätte. Seit sie erwachsen war, hielt sie mich zwar nicht mehr für ihre Mutter, aber doch für eine Art große Schwester. Wenn wir allein waren, saß sie neben mir auf dem Sofa. Einmal nahm sie sogar in meinem Beisein einen Keks aus der Schale, aber nur einen einzigen, und den auf überaus zierliche Art mit spitzen Zähnen.

»Klara, das geht nicht«, sagte ich, »du bist nun einmal kein Mensch, auch wenn es dir so vorkommt.« Mir schien, sie entdeckte erst durch ihre Freundschaft mit Macho, daß sie ein Hund war.

Mein Mann pflegte, wenn er ärgerlich auf Klara war, zu sagen: »Wie der Herr, so's Gescherr.« Rein äußerlich war da etwas dran: Wir waren beide langbeinig, schlank, dunkelhaarig. Im Charakter waren wir uns vielleicht sogar noch näher – freundlich, aber unbeirrt unsere Ziele verfolgend. Macho dagegen sah seinem Herrn gar nicht ähnlich. Für einen kleinen Hund war er erstaunlich stämmig, die kurzen Haare waren glatt, das Benehmen ließ gelegentlich zu wünschen übrig. Macho mußte im Freien alle drei Meter das Bein heben, zeigte seiner Freundin Klara reichlich penetrant, daß er ein Rüde war, und erwies sich als leidenschaftlicher Mäusejäger. Jens war feiner und sanfter. Er wollte demnächst Psychologie studieren.

Oswalds fade Tochter lud ihren Vater zur Abi-Fete ein. »Komm doch mit«, bat er.

Da seine Exfrau in einer Kurklinik

weilte und mit Sicherheit nicht auftauchen konnte, ließ ich mich überreden, obgleich mir nicht ganz wohl dabei war. Zu Oswalds Kindern hatte ich eigentlich kein Verhältnis, und die Eltern der anderen Schüler waren sicher wesentlich älter als ich.

Aus der Aula dröhnte uns Musik entgegen, die Schüler hatten phantasievolle Dekorationen gebastelt, ein besonders begabter junger Mann brillierte als Ansager. Nicht ohne Appetit sah ich, daß es Nudelsalat wie bei meinen ersten Geburtstagsfeiern gab, aber wahrscheinlich war das ein Entgegenkommen an die vielen Gebißträger unter den Gästen. Oswalds Tochter Désirée bestellte einen Walzer und tanzte mit ihrem Papa, weil sich sonst keiner für sie interessierte. Mit dem Nudelteller in der Hand stand ich am Rande der Ereignisse, als ich Jens erspähte. Offensichtlich hatte seine Freundin ebenfalls Abitur gemacht. Zur Feier hatte ich mein rotes Carmenkleid angezogen, und plötzlich übermannte mich die dazugehörige südländische Leidenschaft. Ich griff mir meinen Jens, achtete nicht auf die dumme kleine Schnecke an seiner Seite und begann einen wilden Tanz, den mir wahrscheinlich weder Désirée noch Oswald oder Jens zugetraut hätten. Meine dunklen Haare klatschten uns um die Ohren, und wir gerieten dank meiner athletischen Arme sehr eng aneinander. Irgendwann standen wir zwischen knutschenden Schülern im Pausenhof und küßten uns. Oswald war wahrscheinlich längst heimgefahren.

Als ich endlich zu Hause war, schnupperte Klara mit Interesse an mir herum. Dann zeigte sie mir durch Kratzen an Oswalds Arbeitszimmer, daß er dort schlief. »Okay«, sagte ich, »dann darfst du in sein Bett, aber bitte in aller Diskretion.«

Klara ließ es sich nicht zweimal sagen. Mich beschäftigte in jener Nacht weniger die Reaktion meines Ehemannes als die nächste berufliche Begegnung mit Jens. Im weißen Hosenanzug, mit strengem Zopf und Hornbrille war ich dann wieder die Frau Doktor – sollte ich mich auch als solche benehmen?

Aber erst einmal war Sonntag morgen, und Oswald war sauer: »Wie kannst du mich vor meiner Tochter so bloßstellen.«

»Mein Gott«, sagte ich, »wann hast du das letzte Mal mit mir getanzt? Schließlich bin ich noch zu jung, um mit den Müttern dieser Kids übers Abspecken zu plaudern.« Die Anspielung auf sein Alter und meine Jugend war ihm verhaßt. Mir fiel dabei ein, daß ich rein rechnerisch genau zwischen Oswald und Jens stand.

»Wer war überhaupt dieser abstoßende Mohrenknabe?« wollte mein Ehemann wissen, »Désirée kannte ihn nicht.«

Ich war beleidigt. Jens war mindestens so schön wie der junge Nelson Mandela.

Mir fiel als Antwort nur ein: »Er ist der Besitzer von Klaras Freund Macho.«

Die Animositäten zwischen Klara und Oswald nahmen zu. Sie verweigerte ihm den Gehorsam. Ganz ungeniert saß sie jetzt auf dem Sofa, wenn er heimkam. Auf sein empörtes »Runter da!« reagierte sie mit Knurren und Zähnefletschen. Obgleich ich – etwas lasch – meinen Hund zur Ordnung rief, sah ich doch mit heimlicher Freude, daß Oswald Angst vor ihr hatte. Ein gebllecktes Hundegebiß hat schon etwas Furchterregendes. Dabei war mir klar, daß ich für meinen Teil vertrauensvoll Hände, Kopf und Herz in Klaras Rachen legen konnte.

Jens spielte kein Theater. Vor allen Kollegen duzte er mich, während ich durch komplizierte Satzkonstruktionen diesen Punkt vermeiden wollte. Auf dem nächsten Spaziergang nahm er ganz unbefangen meine Hand. Wir wurden aber von unseren eigenen Angelegenheiten durch die Hunde abgelenkt. Macho trieb Klara vor sich her, schnüffelte ziemlich schamlos an ihrem Hinterteil und versuchte, sie zu bespringen. Klara biß zu, sie wollte nicht. Selbst wenn ich Sexualtherapeutin und nicht Internistin wäre, hätte mich die ganze hektisch-geile Aufgeregtheit der Tiere äußerst verlegen gemacht.

»Ach, du liebe Zeit«, sagte ich, »auch das noch! Sie wird läufig.« Wir mußten beide Hunde an die Leine nehmen, aber Machos Hecheln und Zerren, Klaras Knurren und Schnappen ging uns ganz schön auf die Nerven. Natürlich konnten wir sie nicht wie gewohnt zusammen in einen Wagen sperren. Aber die vorläufige Trennung war auch nicht richtig, denn der Hausmeister beschwerte sich, daß Macho auf dem Parkplatz wie ein Kojote heule. Jens solle seinen Wagen eine Straße weiter parken.

Obgleich es mir gar nicht recht war,

mußte ich Klara am nächsten Tag zu Hause lassen. Wir nahmen es uns gegenseitig übel. Ich, weil die Hunde den klatschsüchtigen Krankenschwestern gegenüber als Alibi für unsere gemeinsamen Spaziergänge dienten; sie, weil sie es inzwischen für ihr gutes Recht hielt, mich zu begleiten.

Als ich abends heimkam, saßen ein Bernhardiner, zwei Dackel und ein graumeliertes Hinkebein in unserem Vorgarten. Sie waren unverschämt genug, hinter mir ins Haus hineindrängeln zu wollen. Auch Oswald hatte es schwer, an den Belagerern vorbeizukommen. Klara thronte wie die Kaiserin von China auf seinem Fernsehsessel. Als mein Mann sie anherrschte, schlug sie die Augen zu mir auf und seufzte wie ein Mensch. Ich kann doch nichts dafür! schien sie zu sagen und bequemte sich dann doch, den Sessel zu räumen.

Am nächsten Tag hatte sich Jens krank gemeldet. Die Sommergrippe grassierte. Es war eine öde Zeit ohne ihn, aber zum Glück kam ich vor lauter Arbeit kaum zum Schnaufen, geschweige denn zum Grübeln. Mittagspausen fanden überhaupt nicht statt, mehrere Kollegen fehlten. Ich kam ziemlich geschafft nach Hause und hatte wenig Lust, die einsame Klara zu bedauern. Unsere Spaziergänge fielen sehr kurz aus – erstens, weil ich zu müde war, zweitens, weil uns meist mehrere zudringliche Rüden verfolgten. Für meine Begriffe hätte Klaras Läufigkeit nach zwei Wochen eigentlich zu Ende gehen müssen, aber so genau wußte ich es nicht.

Schließlich wurde ich selber krank, wahrscheinlich hatte ich mich bei einem hustenden Opa angesteckt. Jens war gerade wieder im Dienst erschienen, anscheinend war es unser Schicksal, uns zu verpassen. Ich blieb im Bett, Klara lag im Korb daneben. Gelegentlich stieg sie auf die Eichentruhe und schaute zum Fenster hinaus, ob einer ihrer Freier den Sprung über den Gartenzaun schaffte. Im Grunde hatten wir es ganz gemütlich, denn es ging mir – abgesehen von einer unbestimmten kribbeligen Ahnung – nicht schlecht. Wir waren ungestört, denn ich hatte es Maria gern gestattet, ihren Freund auf den Kanaren zu besuchen. Ich sah dauernd auf die Uhr. Kurz vor eins lüftete ich das Schlafzimmer, putzte mir die Zähne, kämmte mich auf malerisch-verschlafen, spritzte ein wenig Eau de toilette ins Gelände und zog ein frisches Spitzenhemd an. Dann wartete ich gemeinsam mit Klara. Vergeblich.

Am nächsten Tag die gleiche Prozedur. Schade, daß das beste Nachthemd nun schon erledigt war. Um zehn nach eins klingelte es, und ich machte die Tür auf. Jens stand mit einem Sträußchen Krankenhausgeranien und Macho an der Leine vor mir.

»Ich habe gehört, du bist jetzt auch

krank...« Fünf Minuten darauf lag das zweitbeste Nachthemd unter Oswalds Bett.

Die Mittagspause war viel zu kurz. Als Jens sich anzog, war klar, daß er zu spät kommen würde. »Bis morgen um die gleiche Zeit«, sagte ich, und wir lachten glücklich. Dann rief er nach Macho; wir hatten die Hunde ganz vergessen. Leider kam Jens diesbezüglich erst recht zu spät, die Tiere trieben es im Wohnzimmer und waren vorerst nicht zu trennen. Macho stand mit den Hinterbeinen auf Oswalds Fußschemel, wodurch er geschickt seine fehlende Höhe ausglich.

Nach einem Monat fiel es selbst Oswald auf, daß Klaras Appetit unersättlich wurde. »Hast du etwa nicht aufgepaßt?« fuhr er mich an. Beim Leben meiner Großmutter beschwor ich unsere Unschuld, aber heimlich gab ich Klara Lebertran, Kalzium und gelegentlich ein Ei ins Futter.

Jens feierte gestern seinen Abschied vom

Krankenhaus. Sicher, die Universitätsstadt liegt nicht aus der Welt, aber er will in eine Wohngemeinschaft ziehen und seine Heimat einschließlich der Freundin und der Adoptiveltern verlassen. Klara wird Macho nicht mehr treffen, ich werde keine Mittagspausen auf der Wiese verbringen. Wir sind etwas betrübt, aber nicht allzu sehr, denn wir sehen beide Mutterfreuden entgegen.

Klaras Junge werden niedliche bunte Hündchen werden, vielleicht mit gelben Punkten auf dem dunklen Fell. Beim Anblick meines Babys wird Oswald große Augen machen: Ich rechne mit einem verdammt brünetten Teint.

Nachweis

›Ein milder Stern herniederlacht‹, erstmals erschienen in: *Still und starr ruht der See. Kleine Frauenkrimis zum Fest*, hrsg. v. Gabriele Wolff, Fischer Taschenbuch Verlag, Frankfurt a. M. 1994

›Stich für Stich‹, erstmals erschienen in: *Emma*, Heft Nov./Dez. 1996

›Die blaurote Luftmatratze‹, erstmals erschienen in: *Die blaurote Luftmatratze. 15 Schriftsteller lassen sich treiben*, hrsg. v. Detlev Reinert, Eichborn Verlag, Frankfurt a. M. 1996

›Fisherman's Friend‹, Erstveröffentlichung

›Der gelbe Macho‹, erstmals erschienen in: *Die Schönen und die Biester*, hrsg. v. Anna Rheinsberg u. Jutta Siegmund-Schulze, Hoffmann und Campe, Hamburg 1995

Abdruck der Texte mit freundlicher Genehmigung der Autorin

INGRID NOLL wurde 1935 in Shanghai geboren, schrieb schon als Kind heimlich Geschichten und studierte in Bonn Germanistik und Kunstgeschichte. Sie ist Mutter dreier inzwischen erwachsener Kinder. Als alle Kinder ausgezogen waren, begann sie wieder zu schreiben. *Der Hahn ist tot* wurde sofort ein Bestseller und in mehrere Sprachen übersetzt. Für ihr zweites Buch, *Die Häupter meiner Lieben*, erhielt sie den ›Glauser‹ für den besten Kriminalroman des Jahres 1993; ihr dritter Roman, *Die Apothekerin*, hielt sich über ein Jahr auf der Bestsellerliste des *Spiegel* und wurde unlängst verfilmt. Zwischen diesem und ihrem vierten Roman, *Kalt ist der Abendhauch*, veröffentlichte Ingrid Noll den *Schweinepascha*, ein Bilderbuch für Kinder und Erwachsene, von ihr selbst illustriert.

Ingrid Noll
im Diogenes Verlag

»Sie ist voller Lebensklugheit, Menschen-
kenntnis und verarbeiteter Erfahrung. Sie
will eine gute Geschichte gut erzählen
und das kann sie.« *Georg Hensel/
Frankfurter Allgemeine Zeitung*

Viktorija Tokarjewa
im Diogenes Verlag

»Viktorija Tokarjewa erzählt ihre Liebes-
geschichten mit einem solchen Witz und
einer solchen Lebendigkeit, daß ich ganz
entzückt davon bin.« *Elke Heidenreich*